Ｄ－死《し》情《じよう》都《と》市《し》

吸血鬼ハンター㉞

菊地秀行

朝日文庫

本書は「一冊の本」二〇一七年十一月号から二〇一八年
八月号まで連載されたものに加筆・修正しました。

目次

イラスト／天野喜孝

第一章　乱暴な道連れ

1

雨が激しく道を叩き、地上五十センチほどを白く澱《よど》ませた。霧である。

この古い町の霧は低く地を這って、歩む者たちに霧の水脈《みお》を引かせる。

そして、捨てられたテーブルか何かにぶつかり、死人の顔色になって後じさるのだった。この町に限ってのことではないが、霧の深さはちょうど柩《ひつぎ》を覆う深さなのだ。

世にも美しい若者が、シャイヨーの町へサイボーグ馬を乗り入れたのは、「冬」の初めだった。

街道は町の中央を通る。行き過ぎるだけか、宿を取って幾ばくかの金を町へ落としていくかは、すぐにわかる。

周囲の商店や食堂、旅籠《はたご》、自分を見上げる住民たちの恍惚《こうこつ》たる表情に一瞥《いちべつ》も与えぬ冷厳さと、サイボーグ馬の足取りを少しも緩めぬところから、単なる通過地点なのは誰にでも明らかであった。

３ＰＭ。

防寒コートや合成皮革のベストに身を固めた人々は、恍惚と彼を見送り、やがて、その姿が町の北の外れに広がる広場で立ち止まったことに気がついた者は少なかった。

戦いは始まっていたようだ。

扇状に広がった男たちの鼻面が一様につぶれ、血にまみれているのに対して、四メートルほど離れて軽いステップを踏んでいるウールのシャツと、袴《はかま》の裾を閉じたようなズボンをはいた少年の顔は、無傷の笑みを浮かべていた。

短く浅く。長く深く——。

どちらの息も白い。

「ほお」

黒い騎手の、黒い籠手《こて》に手の甲までを覆われた左手が呻《うめ》いた。

「余程の自信があるか、生命《いのち》知らずか、ただの阿呆か」

男たちは、手に手に光るものを摑んでいた。対して、少年は素手で丸腰だ。ただし、その五本の指は異様に長かった。

そして、男たちの顔には、憎悪と闘志の他に怯《おび》えの色があった。

「どうした？」

少年が嘲笑した。

「今日こそおれを八つ裂きにすると言ったよな。けどよ、それじゃ、あんたたちがバラバラだぜ」

その口調とにやにや笑いが、新たな挑発の武器となった。

絶叫を上げて男たちは突進した。

手の蛮刀が、山刀が、少年のしなやかな長身へと光の弧を描いた。

素手丸腰がどのように迎え討ったか、細部まで見抜いた者は黒い騎手――Dひとりであったろう。

少年は大きく前へ出ながら身を沈めた。先頭の男の眼には、突如消滅したように映ったであろう。

三日月型の海賊《バイレーツ》蛮刀が存分に斬り下ろされる前に、少年の左手がのびた。

男の手首に白い指が触手のように巻きついた。

しなやかな身体が廻った。円運動である。手首を摑まれただけで、男の身体はそれに巻きこまれた。

真横に回転した身体の先に、山刀を打ちこもうとする男がいた。

止めようがなかった。刃は蛮刀男の左肩口から肩甲骨を断ち割った。絶叫する蛮刀男を山刀男に叩きつけ、少年は左へ移動した。足を使ったとは見えぬ滑らかな動きだった。

眼の前を長剣が通過した。

刃は無視して、少年は三人目の鼻面を裏拳で一撃した。血の花が灰色の世界に華やかに散った。

よろめく三人目の左手指をまとめて握り、彼を爪先立ちにさせるや、その肘に反対側の手を巻きつけて、右へ廻った。

嫌な音がした。

残る二人の足下に放り出された三人目の左肘は、人間の手がここまで曲がるのかと思わせる角度を取っていた。

無音の世界にどよめきが湧いた。

フィルムごと断たれていた音声《サウンド》が、突然、復活したかと思われた。

倒れた三人は黙々と霧の海に沈んでいる。

見物人には何が起きたのか、よくわからなかったろう。ここまで五秒と経っていない。

残りは後じさった。それを止めたのは、

「無駄だよ。勝とうと敗けようと、ここで決着《けり》つけねえと、おまえらん家《ち》まで行くぜ」

少年の声であった。

二人は血まみれの顔の中に浮かぶ血走った眼を見合わせ、覚悟を決めた。

殺気の塊と化して身構える。武器は錆《さ》びた鉄パイプと長剣だ。

少年がにっと笑った。

少年の背後の人垣を小さな影が崩して、二組の間に割って入った。

赤毛の男の子だ。年齢は七、八歳。ふっくらとしたあどけない顔を、恐怖に歪ませて、

「やめて。パパを殺さないで」

と叫んだ。

少年の笑いが苦笑に変わった。

「おいおい、殺しちゃいねえよ。まだな」

肩をすくめて男の子を見る眼差しも表情も、別人のように温和だった。

「けどな、これはただの喧嘩じゃねえ。戦いだ。決着はどっちかの死でつけなきゃならねえんだよ。それによ、挑戦して来たのは、おまえのパパの方なんだぜ」

「でも――でも、元《もと》は、あんたが町中に迷惑をかけるからじゃないか」

男の子の返事に、少年は苦笑を深くして、ついでに頭を掻いた。

「そりゃあ、まあ」

「お酒を飲んで人を殴ったり、お店に入って只で品物を持ち出したり――治安官もやっつけち

やった。だから、パパも友だちと喧嘩しに行ったんだ。悪いのはあんただよ」

「そうだ」

人垣から声が上がった。

「そうよ」

「おまえが悪い」

「出てけ」

「出てけ」

「出てけ」

最後の声は、町民たちの共通項だったのだろう。合唱がふくれ上がった。それは少年の集落の中での立場を示していた。

少年の顔はみるみる赤く染まった。上体を激しく捻じって人々を睨みつけた。

「うるせえ！　挨拶に行くぞ！」

沈黙が戻った。それが町民の立場だった。

「けどな」

少年は、にやりと笑み崩れた。

「もう一生安心していいぜ。おれは出てく。ようやく、待っていた相手がやって来たんでな」

少年を見つめる無数の眼が、少年と同じ方向を向いた。

噴き上がったのは、呻きか溜息か。

Dは無言で馬首を巡らせた。あと五分も進めば町の出口だった。無論、北の方からやって来る連中にとっては入口になる。

「ちょい待ち」

少年はあわてて叫んだ。

「いいや、構わねえ、行ってくれ。すぐに追いかける。次の村あたりで会おうや」

Dの後ろ姿にこう告げて、彼は身を翻《ひるがえ》した。その先に家があるらしかった。


次の村の名はサホド。十キロほど先だ。〈北部辺境区〉の街道は、通常三十キロ単位で次の村になるが、冬に入ると、その間に旅人用に〈宿場〉が設けられる。いわば緊急避難用の施設だ。

民家も店も治安官事務所もあって、住人もいるが、冬が終われば消滅する。居住者は〈辺境区政庁〉から派遣された職員だ。

そこで会おうと少年は言ったが、Dが接近して来る蹄《ひづめ》の音を聞いたのは、道半ばであった。

「よお、待たせたな」

Dの右側に並んで、少年は満面の笑みを見せた。荒くれだが、旅人のルールは守っている。右利きが剣を操る場合、左側の敵は討ちにくいからだ。敵意がないと少年は宣言しているのだ。

Dは黙々と進んで行く。

街道の前方は木立一本見えない平原だ。広大すぎて、陽光の無駄遣いに思えて来る。

「冷えるねえ」

向かい風に打たれて、少年は身震いした。喧嘩のときと同じ格好だ。コートも着ていない。

「今年の『冬』は特にきついらしいぜ。気候調整装置は何してやがるんだ?」

「何の用だ?」

Dが訊いた。

「おお、しゃべれるんだ! そらそうさな。〈辺境区〉一のハンターが、実は××じゃ務まらねえ」

Dが前へ出た。サイボーグ馬の足を速めたのだ。

「おい、わかった。余計なおしゃべりはやめた。気の短い奴だなあ」

呆れたように言ってから、眼を細めて周囲を見廻した。その様子から、唐突な問いは、Dにも予測できなかったろう。

「あんた――ドルシネアの町へ行くんだろ?」

「何故《なぜ》、わかる?」

「〈辺境区〉一のハンターが、この『霧街道』を通るとなったら、目的地は『ベゼナイガ』か『クキワトカ』だが、そこで粋がってた貴族は、あんたに駆除されちまった。残るはひとつきりさ」

「何故、尾いて来る？」

Dが仕事以外の一切に興味も関心も示さないことは、少年にも伝わっていたらしい。何処かあどけない凶暴な顔に、喜びが広がった。

「おれはあそこで生まれた。いや、正確には造られたのかな。いま、あそこを支配しているのは、同時に造り出された六人の仲間なんだ。ブンゴ、ラキア、ヨケスモ、ロージューンジ、ケセラとリカード。正直言って、本物の一騎当千だぜ」

Dは黙々と進んで行く。少年の行為は、いわゆる「石に説法」であった。

しかし、石は口を開いた。

「用は？」

「手伝わせてくれ」

少し間を置いて、

「仲間殺しをか？」

「そうだ。いくらあんたでも、あの六人を相手にしちゃ危ねえ。ひとりひとりがとんでもねえ能力《ちから》を持ってるんだ。相棒が要るぜ」

「面白いのお」

少年は馬上で眼を剝《む》いた。Dとは似ても似つかぬ爺さんの嗄《しゃが》れ声が、左手のあたりから響いて来たせいだ。

「お、おい？」

「わしも、その戦法には興味があるし、対抗策を考えたこともあるが、結論は未《いま》だじゃ。こ奴は興味も示さぬしな」

「おい、寄生体《パラサイト》か？」

「何故だ？」

Dの声だ。仲間の殺害を助ける理由である。

「いねえ方がいいと思うからさ」

少年の返事はまだ動揺中であることを示していた。

「おまえは、そのひとりだぞ」

「おれも含めて、な。どいつもこいつも、生まれて来ちゃいけなかったんだよ。それは他の連中もわかってるはずさ」

「なのに何故、噂で聞くような真似をする？」

それは左手である。

「殺し、奪い、犯す」

少年は低く言った。噛みしめるような口調であった。

「おれもやったよ。十五のときまでな。だが、いつの間にか逃げ出してた。理由はわからねえ。

そういう行為が嫌になったわけでもねえ。仲間とは気も合った。だのに、ひとりだけ逃げ出しちまったのさ」

「仲間を葬《ほうむ》る理由もわからない、か」

「正直、それに近いかもな。だが、あそこを出てから今日までの間にわかった。おれたちは生きてちゃならねえって」

生きて死を思う。

少年にはあってはならないことであった。

「おれを待っていたのか？」

とD。

少年はうなずいた。

「そうとも。あんたの噂を聞いた瞬間にそう思った。あいつらを斃《たお》すのはあんただとな。なら、おれはその手伝いをしよう。それでさっきの町へ引っ越したんだ」

「嫌われておったのお」

少年は、またぎょっとした。不意討ちには慣れていないらしい。動揺が消えるまで、十秒近くを要した。それなのに肩を落とし、彼は手綱から右手を離して拳を握った。

それを、じっと見つめてから言った。

「あんたが来るまで、おとなしく暮らしていようと思ったんだが、どうしてもそうはできなかった。一日も荒事なしじゃ我慢できねえんだ。誰彼見つけちゃ因縁つけてぶちのめさなくてはいられねえ。自分で鎖を買って来て、柱に縛りつけておいても、柱をへし折っちまう——仲間を始末したくなる理由が、少しはわかってもらえたかい？」

「こいつが『ドルシネア』へ行くとわかった理由は？　雇われたのは他のハンターかも知れんぞ」

「——何となく、さ」

「何となく？」

「ああ。とにかく、わかったんだ。間違いなかったろ？」

「体調はどうじゃ？」

「はあ？」

「悪くはなさそうだの？」

「いまんところはな。何でそんなことを訊く？」

「何でも」

それきり会話は絶えた。

三十分ほどして、前方に〈辺境区〉の村を守る防禦柵の影が見えて来た。

その間、少年が口にした言葉は、

「おれはセリアってんだ」

だけであった。

2

村へ入るとすぐ、

「一杯飲《や》ってくらあ」

と少年――セリアは別れた。

サホド級《クラス》の村には旅籠はまず一軒。それもない場合は村民センターか、野宿するしかない。冬だけの村だから、規模《スケール》は普通の村の半分だ。

Dは村の西にある廃農家の納屋を選んだ。建物はしっかりしているし、広い。光の当たらぬ隅へ行き、鞍《サドル》を枕に横になる。ダンピールの身体は、昼に眠り、夜、覚醒する方を求める。血の故だ。それを逆転させるのは、貴族を斃《たお》すには昼こそが最適だからである。眠っている強敵の心臓に楔《くさび》を打ちこむほど簡便な退治法はない。

「あ奴――〈神祖〉の失敗作だぞ」

薄い闇の中で、左手が言った。

「だとすれば、あいつより、暴れ狂う仲間どもの方が理解できるわい。どいつも先が見えとるしな」

返事はない。

Dは旅人《トラベラーズ・ハット》帽を顔にかぶせて横たわっていた。寝息もたてず胸の起伏もわからない。死人と同じ――それがダンピールだ。

その身体が白く染まりはじめた。

霧が出たのである。やがて彼は霧の中に死者のごとく埋もれ、祈りを捧げる者もいない。

空気の色が青味を増しはじめた頃、セリアが戻って来た。

「奴らの最新情報を仕入れて来たぜ――あれ？」

と腰までかかる霧の海を見つめて、

「旅籠に泊まりゃいいものを。ここを捜し出すのもひと苦労だったんだぜ。おい、何処に埋まってんだ？」

ここで、彼はふり向いた。

納屋への道を、数騎のサイボーグ馬と騎手の姿が近づいて来る。

「何でえ、しつこい野郎どもだな。万遍なくダウンさせてやったはずが、おやおや、あのバッジ――治安官も一緒かよ」

セリアは霧にダイブした。

呑みこんだ部分が乱れ、すぐ元に戻った。

下馬した男たちは三人いた。

胸のバッジで治安官と助手と知れた。何が起きたかは、明らかであった。

霧の海を見て、美髯《びぜん》をたくわえた治安官は眉をひそめた。

「おかしなところへ逃げこみやがって。構わん。二、三発ぶっ放せ」

「いいんですか？」

と年配の助手があわてた。

「さっきの百姓、もうひとりここへ入ったと言ってましたよ。どうやらハンターらしい。トラブったら事ですよ」

「そうやって、この地方じゃ何十人の悪党を取り逃がしたと思っている？　どいつもこいつも霧にまぎれて、追手の足下を逃亡していきよる。おれはそうはさせんぞ。おい、ボーイ、構わん、射て」

若い助手は射ちたかったらしい。両手に構えた火薬長銃を肩付けするや、撃発レバーを起こして戻し、連射を送った。銃声が反響し、板壁や地面の上げる悲鳴が聞こえたが、目的を達成したとは思えなかった。

助手は五発を射ちこみ、さらにレバーを上げた。その手から長銃が跳ね上がり、背後の壁の高みに貼りついた。

三人は眼を剝いた。長銃の鉄の機関部を貫き、壁まで打ちこんだのは、どう見ても白木の針だったからだ。

若い助手が、あ、とつぶやいたのは、しかし、それを確認したせいではなかった。その両肩を同じものが貫いていたのである。後に医者のところで抜こうとしたが、五人がかりでもびくともせず、何とか治療を終えて仕事に戻るまで半年を要した。

あああと洩《も》らしながら後退し、壁にぶつかった助手に眼もくれず、治安官は、

「誰だ⁉」

と喚いた。両腰のホルスターから、輪胴《シリンダー》回転式の火薬短銃を抜いたのは言うまでもない。

「出て来い。逃げられると思うなよ？」

すぐに、

「何事だ？」

と霧の海が訊いた。海の声は嗄《しやが》れていた。

素早くその方向へ二挺短銃を向け、

「出て来い。射つぞ」

と叫んだ。

「化粧前でな」

「ふざけるな。おい、ジョーサイ、手榴弾を用意しろ」

「はい」

年配の助手が、腰のベルトから小さな柿ほどの弾薬を外して、安全リングを咥えた。相手の

姿が見えないという状況を考慮しても度が過ぎたやり方といえた。手榴弾の殺傷範囲は二十メートル四方に及ぶ。投げた方も危ない。

「さあ、三つ数えるうちに出て来い。さもないとバラバラだぞ。ワン」

治安官と助手は足早に出入口の方へと後退した。

「ツー――スリー」

年配の助手にうなずいてみせた。助手がリングを引き抜く。後は握りしめた発火レバーを離せば、発火ピンが撃針を直撃し、発火薬に点火する。そこから炸薬に火が点くまで約五秒だ。

「わかった。出て行く」

嗄れ声が応じた。助手があわてて安全ピンを元の穴に差しこむ。

だが、声は治安官の背後でした。

「え？」

ふり向こうとする猪首の喉仏を凄まじい力でつまんだのは、セリアであった。喉仏のひとつをつぶすくらい造作もない。

「よせ」

霧の中から冬の冷気が命じた。そんな声であった。

「彼は何をした？」

と声は訊いた。

「ぐぐ」

「緩めろ」

少年は素直に従った。

激しく咳きこんでから、治安官、

「いきなり酒場へ来て、『ドルシネア』のことを何でも教えろと言ったらしい。おれはいなかったが、そこのジョーサイが一部始終を目撃していた」

「そ、その通りだ」

手榴弾を握ったまま、年配の助手は、おろおろしながら答えた。

「いきなり他所者から、あの呪われた町の話をしろと言われても、誰も答えやしねえ。みな無視したんだ。そうしたら、いきなり近くにいた客を投げとばしやがった。後はあっという間に、客が五人ぶちのめされた。こいつの目的を叶えたのは、バーテンと残りの客だ」

はあ、と別人の長い溜息が霧の底を流れた。もうひとりいるのかと治安官は動揺した。セリアは苦笑を浮かべていたが、良心の呵責《かしやく》などかけらもなさそうだ。

嗄れ声が、

「で、どうする？」

「決まってる。こんな凶暴な奴を野放しにしておけるものか。何処へ逃げようと逮捕してくれる。共犯者も一緒だ」

「共犯者？」

「そうとも。こいつを庇《かば》い、あまつさえ、おれの助手の両腕を使いものにならなくしよって」

「無差別に銃を射ったのはそいつじゃ」

「おれの命令に従っただけだ」

「だから、肩で済んだ」

「う、うるさい。とにかく逮捕だ」

「そうかい」

耳もとに鳴るその言葉に、愕然と身を凍らせた瞬間、治安官の喉仏はつぶされていた。

声にならない声を上げてのたうち廻る身体を愉しげに見やって、

「ふざけた野郎だ。次の選挙に立つのは無理だな」

少年はのけぞって笑った。

その上体があり得ない形にねじれた。

「な、何しやがる⁉」

叫んだ右手には、白木の針が握られていた。彼でなければ、喉を真横に貫いていただろう。

明白な殺意をセリアは感じ、激怒に身を灼《や》いたのであった。

「おまえとはここまでだ」

夜の声が言った。それは骨まで凍らせる夜に違いない。

「どういう意味だ？」

「わからなければそれでいい。だが、同行は許さん」

「許さんだ？　えらそうな口きくじゃねえか。おい、おれがあんたを待ってたのはな、あんたと立場が似てるからだ。そっちはただのダンピールだが、おれと仲間は〈神祖〉の実験によって生まれた、いわば〝神の子〟よ。元から格が違うんだ。そのおれ様が、あんたの仕事を手伝ってやるという。なのに、その言い草は何だい。ふざけるんじゃねえぞ。おい、身の程を考えな」

「行け」

「誰が。この野郎、出て来い」

正確に声のした方へ、セリアは霧を巻いて走った。

「はっ」

突き入れた拳の位置は、確かにDが眠る場所だ。

——いねえ⁉……

弾かれたように跳びずさったその足下から、白光が跳ね上がった。

「おおっ⁉」

驚愕の叫びは二つ上がった。

立ち尽くすジョーサイと、霧の下からの嗄れ声が。

斜めに突き出された刀身は、セリアの鳩尾《みぞおち》を貫く寸前、合わせた両手の平ではさみ止められているではないか。

「けーっけっけっけ――素手で世渡りしてるのは伊達じゃねえぜ。剣は貰った」

彼は上体をねじった。剣はそのまま敵の手からもぎ取られるはずであった。

それが、

「う、動かねえ……」

セリアには初めての体験であった。彼の白刃《しらは》取りは、多角獣の爪さえねじり取る。

彼は恐怖の相を浮かべて刀身を見下ろした。

数トンの力で圧搾《あっさく》したはずの手の間を、刃はじりじりと前進して来るではないか。

「よせ……やめろ」

セリアの全身から冷汗が噴いた。額から落ちたそれが刀身に当たると、二つになった。

「わからねえのか、おれは、てめえの仲間だぞ！」

言い放った刹那《せつな》、刀身は一気にその鳩尾に吸いこまれた。

「げぶぶ」

呻きは流血の音とも聞こえた。

汗は赤かった。血だ。汗そのものが血だったのである。その口と鼻から本物の血が噴き出し、霧を赤く染めた。

ゆっくりと霧の中から黒手甲をはめた右手が現われた。切尖《きつさき》はいまやセリアの背を貫通していた。徐々に彼の身体は霧から浮かび、さらに上昇していった。

霧が四方へ退《しりぞ》く。美しい者を崇《あが》めるかのように。

立ち上がった黒ずくめの影は、無論、Dであった。

串刺しにした少年を見つめる眼には、しかし、同情も悲哀もない。彼はDを殺すつもりで拳を打ちこんだのだ。

「〈神祖〉が造りしものよ——その生を傲《おご》る前に死を抱いてみるがいい」

右手が閃《ひらめ》いた。

セリアの両眼が限界まで剝き出された。新しい白木の針は、一直線に彼の心臓を抜けていた。痙攣《けいれん》し、動かなくなった身体を、Dはゆっくりと霧の中に下ろした。両膝をつくと、あどけなさを残した顔だけが白い海からのぞいた。

刀身は引き抜かれた。

顔は霧に沈んだ。

奇妙な同行者の、それが最期であった。

「やれやれ——便利そうな奴じゃったが」

Dは刀身をふって、血のしずくと左手の声を払った。

「た……逮捕する……」

年配の助手が右手をDの方へのばした。火薬銃のつもりか、手榴弾は激しく揺れていた。ほとんど虚脱状態であった。

Dは黙って納屋を出た。

3

尋常な旅人には目的地以外の村も心地良い宿泊所になるが、Dにとっては通過地点に過ぎない。

真っすぐサホドの村を抜けた。自警団も駆けつけて来なかった。納屋での戦いの目撃者はいないし、ひとりだけ無傷の年配の助手も、二人の仲間の手当てとセリアの死体の処置で、Dをどうこう出来るはずもない。

あわてもせずに小さな村を抜けた。

異変が生じたのは、数秒後であった。

後方からやって来たサイボーグ馬が、Dの左隣りに並んだのだ。セリアとは逆――ルール破りは、敵対の証拠だった。

「また、おかしな奴が来たの」

左手が蚊の鳴くような声で毒づいた。

三分ほど同行したが、相手は離れない。

Dの馬よりひと廻り大きな馬体は、〃豪華客船〃と呼ばれる特別仕様に違いない。

鞍《くら》にまたがっている騎手も、それにふさわしい巨体をごつい戦闘装甲服で包んでいた。兜の下の顔は凄まじい髭《ひげ》で、唇さえ見えない。

Dと同じく背中に長剣を負っているが、こちらも三十センチは長く、倍も厚みがある。〈斬竜刀〉だ。普通は二人で扱うが、この巨体なら難なく操れると思わせる迫力が、男にはあった。

「よお」

と声をかけて来た。気難しそうだが、敵意はない。

「――?」

男は眉を寄せてふり返った。Dは声をかけた位置に停止していた。彼だけがそこから四歩進んだのだ。

「おい――色男、何の真似だ?」

「行け」

とDは言った。

「冷てえなあ。旅は道連れだぜ。それともあれか、孤立主義者《ローン・ライダー》か?」

「………」

「わかった、わかった。それじゃあな。気難しい野郎だ」

〝豪華客船〟は歩き出した。蹄はDの倍の深さを土の上に残した。

別の足音が後方からやって来た。疾走だ。

数は五騎。どれも操馬の手練れであった。

「今度は誰じゃ？」

左手が、うんざりとつぶやいた。

「おかしな道連れはもう真っ平じゃから、今の奴を行かせたのによ」

鉄蹄の轟きは近づき、Dと並び、通り過ぎた。

五十メートルほど先で、巨漢が囲まれた。殺気の輪がふくれ上がり、Dにも襲いかかった。

「これは凄い」

左手が呆れた。

「親の仇か、子の復讐《リベンジ》か」

Dは無言で前方へ視線を注いでいる。

「何だ、おのれら？」

巨漢が訊いた。低く沈んでいるが重い声である。聞き取れたのは、Dならではだ。

「ギリアン・ショートだな？」

巨漢の右を塞《ふさ》いだ男が訊き返した。こちらも低いが槍のように鋭い。

「ああ。おのれらは？」

「ヴァルゼイ市のホートン家は知っているな？」

「知らんな」

「イアン・ホートンとマジ・ホートンは？」

巨漢――ショート氏は記憶を辿《たど》っているようだったが、すぐに、

「――確かどっかのバーで闘《や》り合った兄弟だな。楽に殺してやったはずだ」

怯えも揺らぎもない声であった。

「遺族は怒り狂ってる。二人は父親の跡を継いで、市長と副市長になるはずだったんだ」

「バーの客を面白半分に火薬銃の標的にした餓鬼どもが？　おお、おお。市はおれに感謝状を贈るべきだぜ。いちばん性質《たち》の悪い毒虫を駆除した功績に対してな。三十秒の間に、八人が面白半分に射たれて、三人が死んだ。うち二人は女だった」

「それでお返しをしたわけか？」

「不幸なことに、おれはトイレが近い体質でな、使用中に、奴らがドンパチやりはじめたんだ。それまではおとなしく飲んでたが、何となく危ねえとおれは思ってた。だが、どんな異常者でも、あんなちっぽけな店で無差別殺戮をやらかすとは思わなかった。トイレを出てすぐ片づけたのも当然だろうが」

「いきなり、首を落とすこともあるまいよ。父親に言わせると、二人は酒に酔って召使いたちを射つこともあったが、悪気はない。ちょっとした遊びだったそうだ」

「悪気がない遊びねえ——おまえら、それを信じるのか？」

ショートは挑発的な口調で訊いた。

「どうでもいい。おれたちはおまえを連れて来いと、大枚を貰っただけだ」

「前金か？」

「全額さ」

「気前のいい親だなあ。餓鬼どもと同じろくでなしだろうが、おれも付き合ってみたかったぜ。ところで狙いは首か？」

「いいや、生きたまま連れて来い、だ。自分の手で八つ裂きにしたいそうだ」

「やっぱり、ろくでなしだ」

ショートはたくましい肩をすくめて、四方へ眼を走らせた。

前後左右を固め、前方左にもうひとりついている。逃亡を防ぐためと、ショートが攻撃しにくい位置だ。

ショートが訊いた。声は微笑を含んでいた。

「捕まえられるか、おれを？」

ふと、肩越しに美しい騎影を見て、

「出来るとしたら、あいつだけさ」

男たちもつられて眼をやり——すぐに戻すつもりが、あんぐりと口を開けた。

Ｄの方を向いたまま、

「おめえの仲間か？」

「いんや、道連れを断られた」

「なら――おい、色男。余計な手を出すなよ」

「わかっとる」

男たちは馬上でのけぞった。

訳がわからんという表情でＤを離れ、男はショートへ、

「さて、首だけになってもらおうか」

と言った。

「おいおい。生きたまま連れてくんじゃねえのか。おとなしくついてくぜ。こう見えても勝ち目のねえ戦いはしない主義なんだ」

「向こうから言われてるんだよ、おめえの首だけがご所望だってな」

ひょい、と右横の仲間へ顔を向けた。この男だけが、背中に大きな函《はこ》を背負っていた。

「〈都〉の病院で使う生命維持装置の最新型だ。首だけになっても生かしといてやるよ。ホートンさんのところへ着くまでは、な」

「いい趣味だな、その爺い」

「爺いじゃねえ」

「は？」

と太い眉を寄せるのへ、

「二人の親父もお袋も、悩みの種を片づけてくれたって、かえって喜んでるんだ。祖母《ばあ》さんだよ、おめえの首を欲しがってるのは」

「悪趣味な婆あだな」

「全くだ」

男は苦笑して、

「だが、これも仕事だ。あきらめてもらうぜ」

一斉に腰の火薬銃を抜いた。

「飛び道具かよ、情けねえ」

軽蔑し切った口調へ、

「やり方よりも金さ。わかるだろ」

「まあな。ところで、おれの首代は貰ったと言ったよな？」

「ああ」

「何処にある？」

「銀行の金庫だ」

ショートは少し置いて、

「おまえら本当《ほんと》に戦闘士か？」

「誰が持っってても、周りが信用できねえんでな。最近、流行ってるらしいぜ。銀行は金なら、預けるのが強盗だろうと、系列店からかっぱらった金だろうが気にしねえ。ありがとうございますと、ハンカチとオーデコロンの小瓶をくれたぜ」

「それでか」

ショートは鼻をくんくんさせた。

「香水が似合う玉か。己を知れ、莫迦《ばか》野郎」

これは効いた。男の顔が、怒りと別の赤に染まるや、いきなり引金《トリガー》を引いた。

わずかに遅れて火線が巨体に集中する。ショートの上衣の生地は弾け、焼け、燃え上がった。

「おお、おお、派手なことを」

左手の叫びにも応じず、Dは前方を見つめていた。

硝煙がショートと男たちを包み、その中で白光が閃いた。

肉と骨の断たれる音は、濡れタオルで肌を叩く響きに似ていた。

「ほう、首じゃ。右腕、おお、左腕も――いや、また首じゃ」

愉《たの》しげな左手の叫びから、そこで繰り広げられた凄惨な戦いを想起するのは困難であった。

悲鳴が苦鳴に、苦鳴が呻きに変わって、それが、ぱた、と熄《や》んでから、鞘鳴りの音がした。

ショートが剣を背に収めたのだ。硝煙は絶えていた。

「やるのお。相手が飛び道具持参で油断していたとはいえ、あの速さと斬れ味は、おまえと並ぶ」

サイボーグ馬は歩き出した。

硝煙の臭いが漂い、路上に血と遺骸がぶちまけられた戦いの場には眼もくれずに通過しかけたかたわらへ、

「おい、やっぱり一緒に行こうや」

とショートが並んだ。

Dは何も言わなかった。

「おっ、今度は文句なしか、嬉しいね」

と笑った顔にも身体にも、血痕ひとつついていない。上衣の弾痕さえ、うすく痕を残すだけだ。生物繊維で編んだ服らしい。よく見れば、あちこちに同じ痕がついている。この男――見かけどおりの戦闘士なのだ。

「ドルシネアに何の用じゃ？」

左手の声に、ショートは眼を剝いた。

「あんたの祖父さんの声音かい？　聞かせるねえ」

男は少し黙ってから、

「あんたを殺しに行くのさ」

と言った。

「ほう」

そんなことは知ってたわい、という口調で左手が応じ、

「あそこの六人組に頼まれたか？」

と訊いた。

「おおよ。何だか手強い奴が来る。何とかこちらに着く前に始末してくれと電信鳥《でんしんどり》で頼まれた」

こう告げた後、しげしげとDを見つめて、

「動じねえなあ。心理戦に持ちこもうと思ったが、ダメか」

「早いとこ片をつけたらどうじゃ？」

「ふむ。おれも抜刀術にゃあちょっと自信があるが、あんたは別だ。正直、よくて相討ち、悪くすりゃおれだけあの世行き——ためらうわな」

「試しに一発」

「やめとくわ」

「何じゃ、つまらん。その図体は何だ。コケ脅しめ」

ショートは上体をゆすって笑った。

「はっは。けしかけて、早いとこ片づけちまおうたって、そうはいかねえぜ。おれもまだ生命

は惜しい。当分アイアイガサの旅の道といこうや」

三時間ほどで陽が落ちた。

「こらあ、野宿するしかねえな」

と辺りを見廻すショートへ、

「好きにせい」

Dはそのまま進んだ。ダンピールの血は、夜に眼醒める。だからこそ、夜生きる貴族と互角以上の戦いが可能なのだ。休む必要はなかった。

急に光が失せた。星の光である。頭上で雷鳴が轟いた。

「いかんな。来るぞ」

この台詞《せりふ》を待つまでもなく、凄まじい雨の猛打が全員を叩いた。

水は貴族の血にとって大敵だ。

Dは道の両側へ視線を飛ばした。

右の木立の奥に、建物の影が見えた。Dの眼だからこそ見えたのである。

「こっちじゃ」

と左手がショートに声をかけ、水しぶきを上げて走った。

雷鳴と光。

その形とスケールから、貴族の遺跡と思しいその丸屋根に、人とも獣ともつかぬ形がひとつ浮かび上がって、たちまち闇に呑まれた。

「見たかの？」

左手の問いに、Ｄは小さくうなずいた。

第二章　廃墟の群像

1

貴族の居住地近くを旅する者たちの胸には、ある掟《おきて》が刻印されている。

いわく――

何が起ころうと、貴族の遺跡には入るな。

だが、豪雨の猛打を浴びながら、目前の屋根の下に飛びこまぬ者はいない。

まして、戦う者ならば。

石垣も門も崩れ果て、出入口の扉もわずかな木片を残して跡形もなかった。

中へ入ると、さすがに壮大な見かけに恥じぬ石造りの建物は、荒れ果ててこそいるが、雨も風も完璧に遮断していた。

「助かった」

心底そう言って、ショートはホールの北向きの隅にサイボーグ馬を引いていった。

中央から大階段が二階へと続いている。

上の闇へ眼をやって、

「気配はあるが、この辺の小動物だろう。ちょっかい出して来たら、即、叩っ斬ってやれば済む」

鞍《くら》を下ろし、それを枕にごろりと横になった。

旅行用の携帯ストーブも燃やさない。体内に体温調節機能と夜眼が備わっているのだ。

Dは南の隅を選んだ。

どちらも西の戸口を視界に収められる。東の隅は階段が邪魔なのだ。

「しかし、ここは何の施設なんだ」

ショートが天井の方へ眼をやってつぶやいた。

「個人的な実験場じゃよ」

「おい、そろそろ声色をやめろ。あんたがやってるかと思うと、気色が悪くて敵わねえ」

「ドームの天井は宇宙線の選別装置、二階三階は分析用施設だ。地上七階でどれも十キロ四方ある。そこで新しいエネルギーの研究がおこなわれていたのじゃ」

「へえ、驚いた。貴族てな、みんな研究熱心なのかよ」

「昔々、〝遺伝子機能調査団〟という、特殊研究チームが結成されたことがある。メンバーは極秘だが、〈神祖〉の肝煎《きもい》りだった。すでに調べ尽くされた遺伝子の研究に新たな角度から取り組もうという主旨で、そのために、一年のうちに三千万人の人間が研究材料として連行されたという。貴族の方も、調査団の設備だけでは追いつかず、各人が個人的な研究所を建設し、かなりの人数をそこで引き受けたそうじゃ」

「遺伝子の研究？　貴族なら一万年も前に解明し尽くしたはずだぜ。それを何で――」

「解明してなお謎は生じるのじゃ。一万年の間、あいつはそれに挑み、ことごとく敗れた。たったひとつの成功例は無惨《むざん》だったかも知れぬな」

「何だ、そりゃ？」

ぴん、と緊張が走った。

ショートが身を捻《ひね》って階段の上を見つめた。

闇の奥に、小さな足音が生じた。

下りて来る。

ショートとDの眼は、闇がしなやかな女の形に変わっていくのを認めた。

液体式の暖房コートを身につけていても、内側の優雅なラインを隠すことは出来なかった。

「悪いけど、立ち聞きさせてもらったわ」

硬い声が降って来た。

「携帯ライトを点《つ》けていい？」

「おお」

とショートが応じた。

小さな光が女の右肩に点り――大きく広がった。

まずショートへ、続いてDへと光暈《こううん》が移動する。

「あ……」

喘《あえ》ぎのような声が洩《も》れた。光がこころの動揺を示して揺れる。ショートが、じろ、とDを睨《にら》んだ。

それでも、娘は何とか下りて来た。

地上に立つと、光は自分の顔に向けられた。

細面の、月光花を思わせる美貌が、なお緊張を留めながらも、恍惚《こうこつ》とDを見つめて、

「あたしはアリサ。旅の途中よ」

と言った。

「はい、ショートだ」

と片手を上げる方を見もせず、

「D」

こう聞いた途端に、全身の力を抜いてよろめいた。

泣くような声で言った。

「D──貴族ハンターのD？　会えっこないと思ってたのに、何てこと──あなたたちが来たとき、死ぬほど怖かったのに……神様って……いるのね」

娘──アリサは姿勢を立て直してDを見つめた。頬は赤く染まっていた。

睨みつけるショートも気にせず、

「ドルシネアの町に弟がいるんです。あたしはあの子を捜しに来ました。でも、ドルシネアを支配しているのは、貴族と同じ連中だって聞いてます。彼らに邪魔されないように、どうしても貴族より強い護衛役が必要なんです。雇わせて下さい」

ごほんと咳払いが聞こえた。Dだろう。同時に頭上で雷鳴が咆哮《ほうこう》した。落雷に違いない。

「その弟は、なぜドルシネアへ？」

アリサは眼を丸くしてDを見つめた。

「はーっはっはっはあ」

とショートは高笑いを放った。

「わかるわかる。イメージが崩れるよな。けど、安心しな。その声はそいつのじゃねえ。左手にくっついてる爺さんよ」

「……………」

「そいつはな、しゃべると損をすると思ってやがるんだ。〈都〉の売れっ子タレントみたいなもんさ。だから、おしゃべりはマネージャーが担当いたします、だ」

「そのとおりじゃ。アリサと言ったの。わしの質問に答えんと、こいつとの交渉は出来ぬぞ」

アリサは可憐な美貌を両手でこすった。この奇態な現実を理解しようとしたのである。

何とか話し出すまで、しかし、三十秒とはかからなかった。ほっそりした外見と幼さの残る顔立ちからの印象よりは、気丈らしい。

アリサの家はドルシネアの町から南へ三百キロほど離れた農地で、辛子《からし》を作りながら暮らしていたが、三年ほど前から、十七歳になる弟のアドネが不良たちと付き合いはじめた。隣人への暴力沙汰に加えて、商品まで盗み出すに及び、父親が親子の縁を切ると宣言するや、

「せいせいしたわい」

と吐き捨てて、家を出た。それが二年前。ドルシネアの町にいると、旅人から聞かされたのは、一年前である。

それきりアドネの消息は絶え、両親も優しくて力持ちだった息子のことを一切口にしなくなった。アリサが触れようとすると、死人のことはしゃべるなと激しく叱責《しっせき》された。もうアドネはいないことに決めたんだな、とアリサも悲しみをこらえながら納得した。

そうじゃないと知ったのは、四ヶ月ほど前、父の臨終の場であった。

死にゆく父が、

「あいつ……何をしているのかな?」

と洩らしたのである。

あいつとは、ひとりしかいない。

――忘れていなかったのね
アリサは父の手を握りしめ、母や親戚一同が眼を剝《む》くひと言を放った。

「アドネは必ずあたしが連れ戻すわ」

ドルシネアの町や住人について調べ抜き、相応の準備を整えて家を出たのは、半月前のことである。

ここまで聞いて、

「もう手遅れだよ」

と、最初の反応を示したのは、ショートであった。

「若い根性腐れの力自慢なんて、あの町にとっちゃ、持参金付きのカモネギだぜ。とっくの昔に、あいつらの仲間にされてらあな。おめえも二匹目になりたくなきゃあ、夜が明けたら引き返しな。素人はおとなしく辛子作ってるに限るぜ」

アリサは、横目で大男を睨み、すがるような声で、

「あなたがドルシネアに行く目的は知らないけれど、ただの通りすがりなら、あたしをあそこまで連れて行ってちょうだい。D――お願い、これで雇われて」

アリサは背負っていたザックを下ろし、指紋シールを剝《は》がした。粘着テープに特殊加工したものだが、プリントされた指紋と合わなければ、梃子《てこ》でも剝がれないし、その辺の刃物やバー

ナーくらいではびくともしない――〈辺境〉を旅する者の力強い金庫番であった。

Dの前に並べられたビニールの包みは縦横二十センチ、厚さ十センチほどの品が三個あった。

ショートが顔を寄せ、何じゃい？　という表情をこしらえた。

Dの腰のあたりで、

「辛子か」

「ただの辛子じゃないわ。知ってるでしょ、あたしの村は、これでちょっとは有名よ」

「ドルシネアの南三百キロ」

嗄《しゃが》れ声が記憶を辿るように、

「ルグラスキの村か――そうか、これが」

「〝魔除けの辛子〟よ」

娘は誇《ほこ》らしげに言った。宣言に似ていた。

「貴族も逃げたって話だけど、それは確かめていません。でも、人間や安物の改造人間たちには、ここまでやって来る間に十分試したわ」

余程自信があるのか、Dを見つめるアリサの表情は、初対面のときとは比べものにならぬ自負のかがやきを放っていた。

「ここから戻れ」

「え？」

知れなかった。

アリサは失望以前にきょとんとした。自分の思いを切って捨てた内容と、鉄の声のせいかも知れなかった。

「ドルシネアは人間のための町ではない。内部にいる人間も、いずれは死に絶える。おまえの弟がどちら側にいるかは知らんが、おまえは人間だ」

「弟が貴族の仲間になっていても、あたしは行きます」

Dの言葉への反発が、アリサの気概《きがい》を強靭《きょうじん》にしていた。

「ほっほっほ、大した玉だぜ」

鼻先で嘲笑《ちょうしょう》するショートを、アリサは睨みつけた。

「おれに凄《すご》んでも始まらねえよ。怒るんなら、あっちだ。どうだ、おれが連れてってやろう。ただし、その辛子は貰うがな」

「構わないわ。お願いします」

この寸前まで、アリサにショートへ頼るつもりは一切なかった。それを反転させたのは、Dへの怒りと絶望と反感であった。自棄《やけ》になった部分もあるかも知れない。

「よっしゃ。任しとき」

にんまりとうなずくショートの首にかじりつき、

「ねえ、腕前見せてよ」

と甘える姿には、こりゃ慣れてるなと思わせる媚態《びたい》があった。

「おお、いいとも――と言いたいところだが、駄目だ」

「どうして？」

ごつい顎がDの方へしゃくられた。

「はーん。彼に見られちゃまずいのね」

「……」

「なら、彼を相手に試してみせてよ」

「何ィ？」

さすがに、巨漢は全身で驚きを表明した。Dを指さし、

「おれが――こいつと？」

「そ」

アリサは眼を思い切り開いて、いかつい顔へうなずいてみせた。

生来の色っぽさと幼児のあどけなさが同時攻撃だ。巨漢は一発で撃沈された。

「よおし、わかった」

ぱん、とミットみたいな手を打ち合わせて、

「事情は呑みこめたな、行くぜ」

とDに声をかけた。

「ここで手の内をさらすかの？」

と左手が訊いた。

「考えてみりゃ、おれはあんたを始末するために雇われたんだ。何処《どこ》で手を染めたっていいわけさ。やろうぜ」

ショートは最後の言葉から、意識的に恫喝《どうかつ》の口調を抜いていた。

Dが立ち上がった。

空気ひとつ動かない。隣にいても、眼に入らなければわかりはしないと思われた。

「え？　――え？」

アリサがあわてて左右を見たのは、ショートもまた立ち上がり、彼女に何も感じさせなかったせいだ。

二つの影が戸口へ向かうのを、アリサは呆然と見送った。

付き合おうか、と思ったが、自分が見てはならぬことが起こりそうな気がした。

二人は雨の中に消えた。

恐怖と不安と――後悔がアリサの表情を何度も変えた。

恐怖が勝《か》った。

階段の上から、音が聞こえたのだ。

何かを引きずるような音が。

今まで二階にいたのに、と考え、アリサはすぐに否定した。

二階《うえ》へ行ったのは、Dとショートの足音に気がついたからだ。それも階段のそばだけだ。

あの、入ったら出られっこなさそうな果てしない暗黒の広がり。

そこから何かがやって来る。

ほら、今、階段の上だ。

そして――下りて来るじゃないか。

2

恐怖に凍りつきながらも、アリサは足音の正体を探ろうと努めた。

硬い。靴音に似ている。だが、そんな足音をたてる妖物は幾らもいる。〈辺境〉はそいつらの巣なのだ。

アリサの脳はそれでも論理的推理を続けた。

ここは山に近い荒地だ。地上だけではなく、山の妖物どもが降りて来た可能性もある。いちばん人里を襲って人間を捕食するのは、ヤマメヘビかダイオウバサミ、キイロジュウタンだが、そいつらは忍び足が身上だ。あんな足音はたてない。だとすると、ヒトクライ鳥かインナゲ――しかし、こいつらのは、ずっと大きく、こんなに忍び寄るような音はたてない。一気呵成《いっきかせい》にダダっととびかかる。

では？

足音が止まった。階段の下り口だった。

カタ。

下りて来たぞ。

アリサは階段から遠ざかり、足音の元に眼をやった。

足が現われた。

「え？」

声が出た。その辺の村娘がよく履く木靴ではないか。足首から腰へのラインも女の子——アリサよりずっと若い——七、八歳くらいの娘のものだ。

「え？　え？」

すぐに全身が現われた。

稲妻が光った。その中にかがやく三つ編みの金髪のせいで、平凡な顔立ちと粗末なブラウスとつぎの当たった花柄のスカートまでが引き立って見えた。

娘はすぐ階段を下りて、アリサの方を向いた。

闇が支配している。アリサはライトを点《つ》けなかった。こちらの居場所を知られたくなかったのだ。娘にはわかるようだった。

闇の中に赤光が点《とも》った。

眼だ。

娘が近づいて来た。

アリサはライトを向けてスイッチを入れた。

光の中に浮かび上がった顔は、生き生きとした笑顔であった。誰だってひとめで友だちになりたくなる。

娘が片手をのばしてアリサの左肩に触れた。

左の壁をぶち抜いてとびこんで来た四足《しそく》の影が、巨大な口に娘を咥《くわ》えたのは、その瞬間だった。

全長四メートルにも達する毛むくじゃらの獣は、アリサの知識にはない存在だった。

十センチもありそうな牙の列が、容赦なく娘の肉体を貫《つらぬ》き咬《か》み裂いた。

娘の口と鼻から鮮血が噴き上がった。別のものも。

「くたばれ」

言うなり、娘は右の拳を獣の長い鼻面に叩きつけた。

石の砕けるような音が鳴り響いて、獣は口を開いた。

地上へ落ちるなり、しなやかな身体は二転三転――とんぼを切って、廊下の奥へととびずさった。胸から太腿までは黒血に染まっている。

娘はアリサを指さした。雷光が指先を紅く照らし出した。

「逃がさないよ、あたしの最初の獲物」

老婆のような声にアリサが立ちすくむ間《ま》に、娘は風を巻いて奥へと走り去った。巨獣もその後を追った。

猛烈な風圧にアリサはよろめいた。

何とか立ち姿を保ったところへ、ショートが駆けつけて来た。Dの姿はない。獣のぶち抜いた壁の穴から、風と雨が歓呼とともにとびこんで来る。

「無事かい？」

「大丈夫よ」

とアリサは答えた。

「血が出てるぜ」

「え？」

シャツが裂けて、赤い染みが広がっている——大したことはない。素早くポケットからハンカチを出して当てた。

「嚙まれたわけじゃないわ」

「ならよ」

「今のは何よ？　ちっちゃな女の子とでっかい化物」

「娘？」

　ショートが駆けつける前に、消えていた。

「そいつは知らんが、あの獣、おかしな奴だった。別棟から出て来たんだが、おれたちには眼もくれずに、ここへとびこんでいったんだ」

「どういうこと？」

「娘というのは、ここで作られたものじゃ」

　嗄れ声が言った。ショートのかたわらにDが立っていた。いつの間に、とアリサは胆をつぶしたが、ショートはわかっていたのか驚いた風もない。

「そして、あの獣はそれを始末するよう、こちらも作り出されたものじゃろう」

　嗄れ声が重い口調で言った。

「あの娘が動き出したから、あいつも眼を醒ましたというわけじゃ。あの娘は、獣のせいでここを出られず、したがって、近隣の村も犠牲者を出さずに済んでいた。これからは、そうもいかんだろうが、獣に追われている間は、派手な吸血は出来まいて」

「吸血って――あの娘は貴族なの？」

「もどきじゃな」

「作られたって何だい？」

　ショートが訊いた。興味津々の風である。

「人間以上の存在、貴族以上のもの」

「何だ、そりゃ？　大体、貴族もどきをこさえたくせに、それを外へ出さないように番犬も作るってのがわからねえ」

「出来損ないは——血に狂った貴族になる可能性が高い。その娘も例外ではあるまい」

　アリサは声を失った。

　彼女はそいつに、傷を受けていた。

「やられたの」

　嗄れ声が持ち上がった。アリサの傷口にDの左手が触れた。

　戦慄《せんりつ》が娘を捉えた。

　貴族に血を吸われた者は、貴族の同族となる——ひょっとしたら、肩を裂かれただけでも。

　だが、アリサの魂まで凍らせたものは。その予想ではなかった。自分を見つめるDの表情だ。

　殺される、と思った。

　自分が貴族の毒牙にかかったと判断すれば、この男《ひと》は一瞬のためらいもなく刃をふるうだろう。

「異常あり、だ」

　左手が離れた。気が遠くなるのを、アリサは必死でこらえた。

「だが、目下のところはまともだの。いつ、どのような変化が起こるのかがわからん。人間には無害かも知れん。初めての事例じゃな。後は成り行きにお任せ、じゃ」

何もわからない。雨と風の音ばかりをアリサは聞いていた。

世にも美しい声が冷たく、

「どうしたい？」

と訊いた。

「どうしたいって？」

「おまえがどうなるか、誰にもわからん。里に戻るもよし、ドルシネアへ行くもよし。或《あ》いはここで死ぬもよし」

何故《なぜ》そんなことを訊くの、と噛みつく前に、アリサは言い放った。

「行くわよ。あたしがどうなろうと、あんたたちの知ったこっちゃないわ。あたしは弟を——アドネを捜しにいきます。だから、お願い。あなたも一緒に来て」

「よかろう」

それは、誰ひとり想像もしなかった返事であった。アリサは、え？　と言ったきりである。

ショートも眼を丸くしている。

「眠っておけ」

そう言って、Dはもとの寝場所に戻った。

「おい、待てよ。それじゃこの姐ちゃんと約束した手前、ドルシネアに到着するまで、おめえを殺せなくなっちまう」

「おれは構わん、好きにしろ」

　横になったDを、二人は呆然と見つめた。いつの間にか、すべてがこの美しい若者の手が動くままに進んでいるような気がした。

　閃光が世界を白く染め、床上の黒衣の影をその中に灼《や》きつけた。

　弟のことも、死の街ドルシネアも、もうひとりの用心棒も——何もかも忘れた。

　この若者の美しさこそ、この世を覆う魔そのものではないかという気が、アリサにはした。


　峠を上り切ると、眼下は暗黒に包まれていた。

　遙か彼方といってもいいに違いない遠い闇の底に、小さなかがやきが見えた。赤く毒々しい——炎だ。

「あそこがドルシネアだ」

　ショートの愉《たの》しげな声の中に、アリサは拭《ぬぐ》いようのない虚無を感じた。怖いのだ。彼の雇い主はそこにいる。しかし、怖いのだ。そこへ行くことが。

「あそこはおかしな街でな」

　と嗄れ声が言った。

「どんな旅人でも、辿り着くのは夜更け——深更《しんこう》だという。わしらがこうやって見ているのも、4AMじゃ。あそこまでが丸一日。到着は、やはり暗い暗い時刻だの」

「しかし、よく辿《たど》り着けたもんだ」

ショートが感慨を込めた。

「あれから、二度も襲われた。ドローンの編隊と沼野郎どもめ。思い出すだけで、うすら寒くなって来るぜ」

ドローンとは、超高空を飛翔する空中生物の放つ、いわば食料調達部隊で、超太古の翼竜に似た生物だ。各〈辺境〉へ何年かごとに姿を現わし、人々をさらっていく。Dたちはそれに出くわし――死闘の末、殲滅してのけた。後でアリサが、

「二人とも凄いわ。ドローンを二〇匹もやっつけてしまうなんて」

呆然と賞讃したものだ。

空のドローンに対して、沼野郎とは文字どおり、沼地に棲息する妖物で、人間も馬も、時には火竜でさえ引きずりこむ。こいつらに囲まれたときは、アリサも覚悟を決めたが、二人の同伴者の刃は、裂けても瞬時にふさがるという泥状の身体さえ、一撃で二つにしてしまった。

しかしながら、よほど嫌悪感が骨身に沁《し》みたらしい。ショートはひとつ身を震わせて、太い葉巻を取り出して咥えた。火は自然に点いた。

「身体に毒よ」

「ほお、心配してくれるのかい？」

「護衛屋さんよ――忘れないで」

「三つのときから、酒と煙草は欠かしたことがねえんだ。毒ならとっくに効いてるぜ」

「ドルシネア――〈辺境〉一の呪われた街じゃ」

嗄れ声が愉しそうに言った。こちらには恐怖のかけらもない。宿主が宿主だ。寄生物が怖いものなしになってもおかしくはない。

「来るぞ」

闇に鉄の声が流れた。

遠い炎の何処かから、同じ色の光点が放たれたのだ。ぐんぐん近づいて来る。

ショートがアリサの腰を抱いて左へ跳んだ。

Dは右へ。

空中で軌跡《きせき》が交差した。Dと飛翔体と。

飛翔体は火矢であった。

それは彼の胸を貫き、地上へ叩きつけた。全身に炎が広がった。

「――D⁉」

アリサが駆け寄ろうとしたが、ショートは力をゆるめなかった。

Dはわずかによろめき、それを戻しながら火矢を引き抜いた。

矢を捨てて左手を上げた。

全身を包む炎はみるみる掌《てのひら》に吸いこまれ、一線となって消えた。

「運が良かったの」

左手が言った。

「石を踏んでよろけなかったら、矢は心臓を射抜いていた。またひと苦労だったわい。おまえの移動速度まで予想した上で放った矢だが、偶然の事態には対応できんようじゃな」

「あの――さ」

アリサが訊いたのは、十秒ほど経ってからである。

「今の矢って、歩いて丸一日かかる距離から射《い》られたわけ？　そして、あなたの動く位置まで計算して命中させたわけ？」

「そうなるの」

と左手。

「それで、あなたは身体中に点いた火を、左手に吸いこませて消しちゃったってわけ？」

「ふむ、いい具合に熱い炎だったぞ」

「二本目が来ねえな」

とショートが訝《いぶか》しそうに言った。

「とりあえず一本が限度か。となると機械仕掛けじゃねえ。妖術師が射《う》ったんだ」

「では、先を急ぐとするか――どうやらこちらの動きは筒抜けらしい」

Dがゆっくりとショートの方を向いた。

「おいおいおい、おれは何もしてねえよ」

大男はあわてて片手を前に突き出した。

「あんたを殺せと言われたが、スパイまでしろと注文は受けてねえ。早まるな」

「恐らく透視射手じゃ」

左手もカバーに廻った。

「大した射手だ。こいつのせいではあるまい」

Dは身体の位置を戻し、

「行くぞ」

と歩き出した。

胸を炎で貫かれたドラマの終わりにしては、素っ気ない態度だった。

3

闇が落ちてから一時間ほどして、三人はそれを見上げていた。

はじめは、ある貴族の城であったという。

不老不死の肉体にも、精神の異常は生じる。二千年ほど後、貴族は発狂した。

狂気は我が家の奇怪な拡張に走り出した。敷地は三倍に広がり、ひとつの都市を形成した。

山脈さえ削られたのである。

　支配地の住民はすべて強制的に城郭内に移された。狂気は理論的な設計や都市計画などとは無縁に構成された。

　高さ千メートルといわれる城郭の向こうから、ドリルやモーターの響きが断続的に聞こえて来る。

「工事はまだ続いてるようだなあ」

　ショートが暗黒の空へ眼を細めてつぶやいた。

「二千年かけてまだ仕上がらねえ都市計画って何だい」

「ほお、額碑があるぞ」

　左手が言った。全員の眼が、巨大な門口の上に彫りこまれた文字を読んだ。

「〝この門をくぐるもの、あらゆるこころを捨てよ〟」

　Dであった。

　静かな声は、二人の同行者の胸に、恐怖と戦慄よりも寂寥《せきりょう》を灼きつけた。

　行くかとも訊かず、帰れともかけず、黒い姿が進みはじめた。

　すぐに二人も後を追った。

　門がそびえていた。木とも鉄ともつかぬ黒い門であった。二十メートルの高さ、三十メートルの幅は貴族の城を守るに相応の規模で、さしたることもないが、外へ向かって直角に両開き

——完全に開け放たれているのは、大胆や狂気を通り越して冗談《ジョーク》としか思えなかった。〈辺境〉である。昼夜の別なく妖獣妖魔の類が跳梁《ちょうりょう》する土地だ。山は動き、川は瞬間に流れを変え、大地は居所を移す。

門は開いている。外からもたらされるあらゆる「凶」を、構わぬ来いと、門の向こうにいる者たちは手招いているのだった。

神の名に於《お》いて、八つ裂きにしてくれる、と。

二メートル近い厚さの門をくぐる前に、アリサは鼻口を押さえた。

「何て臭いなの」

ショートがにんまりと、

「そら仕様がねえ。ここに住む連中の体臭、食いもの、汗と血、排泄物、麻薬、香料、死骸——これがみいんな混じり合ってるんだ。なに、じきに慣れるさ」

ショートが右手を上げた。

じゅっと音がして、空中にわななく多足虫みたいな形が出現した。五十センチもある胴の下——腹のど真ん中に太い葉巻が押しつけられていた。虫の腹もそれなりに硬いキチン質で覆われているものを、葉巻の熱は何千度あるのか、やすやすと腹にめりこんで、昆虫の鋭い顎《あご》を断末魔の苦痛に噛み合わさせているのであった。

「隠形虫の三下が、好物を見つけたと近寄って来やがったか、お気の毒さま。焼き肉にされるのはてめえの方だ」

　言うなり、葉巻をフォーク代わりに口もとへ持っていくや、まだ蠢《うごめ》いている虫をバリバリと頭から嚙み砕き、見る見るうちに平らげてしまった。
　二、三本残った脚を勢いよく吐き出して、
「ここにゃこんなのがウヨウヨいる。そして、危険度からすりゃビリケツの方だ。気ぃつけるこった――といっても、どう気ぃつけたらいいか、わかりゃしねえだろーがな」

　アリサの返事はなかった。眼前に広がる世界に魂まで奪われているように見えた。

　門をくぐった途端、前方には炎と電飾と人間と獣と武器とが構成する〝市場〟が現われた。

　直進する広い道の左右には、狭い〝店〟がおびただしく並び、天から鳴り響くBGMに負けじと、店主が口上をまくしたてている。〝店〟といっても、薄い布で区切られた小区画にすぎない。

「暴力集団が支配する街だって聞いてたけど、随分と賑やかね」

「暴力集団だって、食っていかなきゃならねえ。目えつけたところを荒しまくるより、地元の経済的発展を促進させた方が、どっちも得をする――頭の切れるボスか右腕がいるんだろう」

　ショートの声のあちこちを、BGMや誰かが上げる叫びや爆発音がちぎり取っていく。

「シニ湖で獲りたてのガミ魚《ぎょ》だよ。骨の方が多い偽ガミじゃねえ。大まけにまけて一匹一ダラス。焼魚は一・五ダラスだ」

「おれの作った虫採り球だ。こうやって膨らませて、ほれ――放してやれば、あとはゴキブリでも蠅でもシラミでも、こっちで嗅ぎつけて採りにいく。見てみな、ほうら、伸縮自在だろ。どんな小さな穴だろうともぐりこんで、巣の中にいる奴らを溶かしちまうんだ」

「兄《にい》さん、一発射ってみろや。彼女の尻《けつ》に当てるつもりでよお。型は旧《ふる》いが、ちゃあんとチューンナップしてあるんだ。この火薬長銃なら、ほうら、この鉄の杭を五百メートル先の貴族の心臓にぶちこめるんだ。いきなり襲われたときの用心に、こっちの短銃も持ってきなよ」

とめどない香具師どもの口上が夜を夜でなくしていた。

何処かで誰かが息を呑んだ。

それが誰ともわからず、その一画の人々は正確に同じ方向へ眼をやった。

声は上がらなかった。息を引き、呆然と立ち尽くす人々の中を、三頭のサイボーグ馬が行く。

「おれじゃねえよな？」

「当たり前よ」

アリサの返事には、怒りさえこもっていた。

「おれの記憶にある古い地図によれば、この市場を抜ければ、旅籠《はたご》が幾つもある。ひと休みだな」

「弟のことは誰が知ってるの？」

「この街のボスだ。しかし、なかなか会えねえぜ」

「考えてみろ。貴族のなり損ないだぞ。血に飢えた化物に決まってる。人間を見たらまず、会ってお話しする前に、生き血を吸い尽くしてしまえ、だろう」

「どうして？」

「さっき、経済活動もするって言わなかった？」

「それは一億にひとつの例外だ。ほとんどのなり損ないやもどきは、貴族みたいに振る舞いたがるもんだ。金と地位が出来ると、どんな人間でも神様みたいにもてはやされたくなるのと同じだよ」

ここで相手を変えて、

「D──わかってるかい？」

と訊いた。

「入ったときから見張られてるぜ。かなり高いところに動く眼があるそうだ」

「何故、教える？」

「おれまで天から降る神の怒りの炎にやられたくねえからさ。しかし、明日は試合《しあ》ってもらわなきゃ困るぜ。ここまで入ってのうのうとしてたら、あんたたちに買収されたと思われちまう」

たちというのは、Dと左手を別人格とみなしているからだ。

Dの右手がかすんだ。

かろうじてそれを眼に止め、ふり仰いだショートの瞳は、黒い虚空の彼方で一点、弾《はじ》ける火花を捉えた。

「うお——何を投げた？　〝眼〟が爆発しちまったぜ。あんたも知ってたのか⁉」

「誰の眼だ？」

Dの声である。

「それがよくわからねえ。この街には悪《ワル》どものグループが幾つもあってな。他にも個人的に、訪問者の懐や生命を狙おうってこそ泥や殺人狂がいる。どいつの眼かはわかりゃしねえよ」

こう言ってから、口もとに薄い笑みを刷《は》いて、

「ひとつだけ。〝眼〟をつぶされた怨みは忘れず、必ずじき挨拶に来るぜ」

「六人組って、ここを仕切ってるんじゃないの？」

アリサが不安気に訊いた。

「そんなに無法者が多いんなら、自分たちだって危ないでしょうに」

「誰も彼らにゃ手が出せねえからさ。実力が違いすぎるんでな。ところが、ここが六人組の巧《うま》いところだ。こういう悪どもは、子分にして押さえつけると、必ず反抗する。なら、睨みだけ利かして放ったらかしておいた方がいいのさ。好きにさせときゃ、文句も出ねえし、こっちに牙を剝くこともしねえ。街だって上手に回転していく。見ろよ、賑やかなもンだろ」

「確かにそうね。聞くと見るとじゃ大違いだわ」

三人の周囲を花火を手にした子供たちが通り過ぎていく。親子連れも多い。話し声には笑い声が含まれ、あちこちで香具師の口上が入り乱れる。何処から見ても、荒っぽいが平和な祭りの晩だ。

「ところが——見てな」

ショートは左手を口もとへ上げ、手甲をずらした。現われた手の甲に歯を立て、嚙み破ると、盛り上がった血を地上へ振り放ち、すぐ手甲を戻した。

「阿呆が」

左手が呻いた。

突然、平凡な農夫としか見えない老人が、地面へダイブした。綿菓子を手にした子供たちが、買い物袋をぶら下げた女たちが、たくましい男たちが、あらゆる通行人が、否、香具師や小店の主人たちまでが、その後を追った。

「——ちょっと……」

息を引くアリサを、若い男が下から睨みつけた。

その唇からこぼれる二本の牙が、アリサを凍結させた。彼だけではなかった。大地に付着した一滴の生血に群れる人々は、みな乱杭歯を剝いていた。ポニーテールの娘が老人の白髪を摑《つか》んで引き戻し、焼き肉屋の親父が娘の首を鷲摑みにして投げとばした。

怒号が弾けた。それは人の言葉ではなかった。血に飢えた獣の咆哮であった。

なら、まだ救われたろう。肉食獣の叫びは、ついに人間の声に変わった。

光が走り――血が飛んだ。

平和な祭りの夜は、その瞬間、崩壊した。

我が娘《こ》の首すじに牙を立てる母、その太腿に齧《かじ》りつく息子。鉤爪《かぎつめ》が喉《のど》を裂き、剛腕が頭を押しつぶす。

人間の服をまとった獣たちが人の渦《うず》にとびこみ、頭上から極彩色の翼を持つ怪鳥どもが舞い降りるや、赤ん坊を爪にかけて上昇に移る。
七、八メートルで止まった。
羽搏《はばた》きをやめて、凶人たちの何処かに落ちた。

赤ん坊が泣き出すのは当然だ。そちらへおびただしい顔が血走った眼を向け、不意に――妖気を失った。

即死した凶鳥《まがどり》の胴体を、二種の凶器が貫いていた。鉄の矢と――白木の針が。

殺気と狂乱の空間を、その一点から沈黙の波が広がっていった。

笑い声が天から降って来た。純粋に楽しくて堪《たま》らない、無邪気とさえいえる声であった。

あらゆる眼が、その声の方――市場の東の端へと吸いつけられた。

鉄の櫓《やぐら》がある。火事や殺人等の見張り台だ。数本の鉄の柱と円錐の屋根だけで構成されたそこに、弓を構えた男が立って、こちらを見下ろしていた。手にした赤い弓には二本目の矢がつがえられ、あとは腰の矢筒に収まって、飛翔の時を待っている。

「聞こえるか、見えるか、そこの色男?」

弓手《ゆみて》は、声を張り上げた。

「おれはヨケスモ――六人組のひとりだ。一度眼をつけた獲物は、一万キロ先でも外さねえ。よおく見ちまったぜ――Dよ」

牙を剝く雑踏がどよめいた。

「まあ、ここまで来ちまったら、泡を食っても仕様がねえ。死ぬのは確かだからな。その前に――でかいの。てめえ、しくじったな」

「そんなこたあねえ。隙《すき》がなかったんだ」

「理由になるか、莫迦《ばか》野郎」

ヨケスモは罵《ののし》った。

「しくじった以上――おまえは罰を受けなきゃならねえ。覚悟はいいな?」

「よくねえ。おれは――」

ひょおと、ショートの胸に吸いこまれた。黒い鉄の矢は、しかし、するりと抜け落ちた。

「この装甲服は特注でな。いくらあんたの矢でも通しゃしねえ。ま、話を聞いてくれや」

「そんな必要はねえ」

これは地上で放たれた声であった。どよめきはなかった。声が招いたのは、全身が引きつるような沈黙であった。

空中を何かが滑《すべ》って来た。

五メートルの空中に浮いているのは、巨大な銀色の六枚の皿に見えた。二人の人間がその上に立っている。あとの四枚は空だ。一枚はヨケスモ用として、残り三人は欠席か。

「私はブンゴ、こっちはロージューンジ」

先頭の皿に乗った男は、複雑精妙な刺繡《ししゅう》を施《ほどこ》した紫の長衣をまとっていた。武器はない。内側に忍ばせてあるのだろう。

仮面のように滑らかで、表情というものがない顔は、しかし、笑っているようにも見えた。

「ヨケスモには会ったな。あとの三人は野暮用で外出中だ。挨拶はいずれ」

「あの」

アリサが左手を上げた。我慢し切れなくなったという風な声と表情であった。

「あたし、弟を捜しに来ました。あたしはアリサ。弟はアドネっていいます。知りませんか？」

「私は残念ながら。だが、本気で捜索するつもりなら、いずれ見つかるだろう」

「どんな姿で見つかるかは知らんがな」

背後のロージューンジが薄ら笑いを隠さずに言った。

油で固めたドレッド・ヘアの下の顔は、右眼を黒い眼帯で覆っていた。

声にならぬどよめきが生じた。

Dの乗ったサイボーグ馬が歩きはじめたのだ。この町の支配者の話が終わらぬうちに、もう用はないとばかりに。

ブンゴの能面のような顔に、はじめて表情が湧いた。ここまで変わるかと思われる、狂気と憎悪の作品であった。

第三章　六鬼人

1

「これはこれは、挨拶なしとはご挨拶だなあ」

櫓の上でヨケスモがのけぞって笑った。弓と矢が微動もしないのが不気味だった。

ブンゴの隣でロージューンジが右手を眼帯に当てた。

ブンゴの手がそれを押さえた。

「しかし――」

「気になる――あの男」

とブンゴは低く告げた。狂気と憎悪を抑える精神力が発動したのである。

「何がだい？」

「感じないか？　同じ匂いがする、と」

「何ィ？」

ブンゴは櫓上のヨケスモにも目配せをしてから、市場の奥へと消えていく三頭のサイボーグ馬を見送った。

能面のような顔の上に、前とは違った感情の色が浮いていることに気づいた者はない。いればば卒倒しかねなかったろう。親愛の情だ。


三人は市場を抜けたところにある「ギルマン・イン」に部屋を取った。

古びてこそいるが頑丈な造りの旅籠のロビーには、人っ子ひとりいなかった。暖炉には薪が燃えている。

「休業中かよ」

ショートが呼び鈴を押すと、ややあって、階段近くのドアから、スーツに蝶ネクタイ姿の老人が現われた。

「ようこそ。歓迎いたします」

恭しく頭を下げた仕草は、何十年とそれを繰り返して来た専門家《ベテラン》のものと思われた。

「部屋を――」

とショートがカウンターに両肘を乗せて、えらそうに言った。

「三つ」

アリサが引き取った。

「おい、そりゃ危ねえよ。この街は悪魔の巣窟だぜ。おれと一緒にしな」

「お断り——三つ頼むわ。支払いは別々」

「承知いたしました」

テーブルに古めかしい三つの鍵が乗った。

「他の客は？」

とDが訊いた。

「四人ほど。〈都〉からの商人だそうで」

「この街で商売か——恐れ入ったぜ」

ショートが呆れた、というより小馬鹿にしたように言い放った。「ドルシネア」での商売相手は全員、化物だ。

「ひょっとしたら、まだ外出中か？」

「左様で」

「あたしは弟を捜しに来ました。人を捜すにはどうすればいいでしょう？」

アリサが訴えるようにカウンターへ身を乗り出した。

「人捜しなら、ギャルドン小母さんのところだね。この街のことなら大抵、耳に入ってる。後で地図を書きましょう」

「助かるわ」

安堵の息をアリサは吐いた。不意にその身体から、あらゆる力が抜けた。緊張に継ぐ緊張に張りつめていた神経の糸が、一気に緩んでしまったのだ。

ショートの腕が出る前に、Dが抱き止めて、

「部屋へ」

と歩き出した。

「おい、おかしな真似するんじゃねえぞ」

ひと声喚いて、ショートも後を追った。

部屋は二階であった。階段に近い方からアリサ、ショート、Dの順である。

ベッドへ横たえ、左手を額に当てると、アリサはすぐ眼を開いた。

起き上がろうとするのへ、

「休んでいろ」

と言ったのは、ショートである。アリサは従った。

「気になるか?」

Dの左手が訊いた。

「当たり前だ。おれの雇い主だからな」

「もうひとりいるわい」

「そうだ。おい、明日の朝いちばんで決着をつけるぞ。いいな？」

「よかろう」

今度はDの声である。慣れているはずが、あまりのギャップに、ショートもアリサも眼を白黒させた。

「いつ聞いても、気味の悪いおしゃべりをしやがって」

罵るショートの腕を、アリサが押さえた。

「やめられないの？」

貴族の研究所の跡ではけしかけたが、今では仲間気分である。ショートはかぶりをふった。

「出来っこねえ。依頼は受けちまったんだ。生きるにせよ死ぬにせよ、仕事は果たせねえと、おれはこの世界で生きられなくなっちまう」

「なら、別の世界で生きれば？」

「簡単に言うなよ。こう見えてもそれなりの名声はあるんだ。そこまでどれだけ血の汗を流したと思う？」

Dがドアの方へと歩き出した。

「おい」

「明日の朝イチだな。下で会おう」

こう言うと、黒い風のように出て行った。

「つくづく愛想のねえ野郎だな」

ショートが閉じたドアに歯を剝き、アリサもうなずいた。

「勝てる？」

と訊いた。

「おっ、心配してくれるのかい、嬉しいねえ」

「用心棒だし」

「それか」

ショートは肩を寄せた。思考を変えたのか、

「任しとけ」

大仰にうなずいた。

「前にも言ったかも知れないけれど、二人ともついててくれた方が、あたしは助かるのよ」

「そらそうだ」

「駄目なら、あなたに勝って欲しい」

「そらそうだ」

重々しくうなずいた。自信たらたらの表情である。

アリサは眼を宙に据えた。ある手立てを思考しているのだった。

　ホテルの裏に空地が広がっていた。黒い土は何か毒素を含んでいるのか、草や木と呼べるものは見えず、いじけた灌木があちこちに侘しげに生えているばかりだ。

　二人が踏みこむと、靴底が緩んだ。

「もとは沼かよ。辛気臭え」

　ショートが首を傾げて悪態をついた。

「おまえにふさわしい死に場所だの、カカカ」

　と嗄れ声が嘲笑した。

「野郎」

　と歯を剝いて、ショートは何とか冷静さを取り戻そうとした。敵は二人だ。血が昇ったらおしまいである。

「おい、ひとり消せや」

　と申し込んだ。

　Dがうなずき、左手を握りしめた。

　ぎゃ⁉　と苦鳴《こえ》が上がった。

「これでよかろう」

　虫でもつぶしたようにあっさりと、Dはショートと対峙した。

　距離は五メートル。剣で戦う平均的な間合いである。

黒い背が鞘鳴りの音をたてた。

ショートも抜き合わせ、にやりと笑った。

「抜いてくれてよかったぜ。抜き打ち一発で斃せる相手と思われちゃ敵わねえ」

笑みが消えた。

今まで旅を共にして来た相手を見るとは思えぬ冷厳な眼差しがDを捉えた。

だが、Dよ。さらに冷たく、さらに厳しく。運命の死の氷《こおり》手《で》をこの戦闘士に触れさせよ。

ショートは身震いした。

「ここまで凄えとはな」

顔中に噴き出した冷汗を彼は意識していない。

——抜き合わせはしたが、これじゃあ一撃だ

ショートは覚悟を噛みつぶした。ひどく冷たかった。

空地の外から何かが飛んで来た。白い尾を引くそれは、細長い円筒と化して、二人の間へ落ちた。こんな叫びを上げたのは、どんな仕掛けのせいか。

「死ぬぞ　死ぬぞ　痛くて苦しいぞ　やめろやめろやめろ」

陰々たる男の声であった。葬送曲の伴奏までついている。

ショートは毒気を抜かれたような気分になった。死の決意が希薄化していく。

いきなり爆発した。

数千の細い光が四方へ飛び散る。

閃光が駆逐した。誰かが疑似爆弾を投げたのだ。

Dとショートは同時に刀身を下ろした。打ち落とした数本の針は、濡れた黒土を銀色の苔を刷いたように光らせた。白木ではなかった。

「邪魔が入ったな」

ショートがこう言い終える前に、Dは刀身を納めた。

「後日だ」

「いいともよ、気が削がれちまったな。邪魔者はあんたの知り合いかい？」

答えもせず、Dは背を向けている。

「違うのか。おれでもねえしな」

ぶつくさ言いながら、ショートも湿り気の多い空地を出た。

Dはもう見えない。

「何でえ、畜生め。色男ぶりやがって」

いつまでも止まりそうもない悪態が、そのままこう続いた。

「コソコソ尾けて来るんじゃねえ。用があるなら、前へ廻って挨拶しろい」

返事は、

「へっへっへ」

小馬鹿にしたような薄笑いであった。

ショートの右手が肩に廻るや、びゅっと白光が背後へと薙ぎつけた。

「おっとお」

必殺の一撃を間一髪、とびのいて躱したのは、ウールのシャツを着、袴みたいなズボンの裾をきつく縛った少年であった。

「そう嫌うなよ。あんたとあの色男の旅に、実はずうっと同道してたんだぜ。な、あんたを同類とみて話があるんだ」

「おれには無え」

刀身を鞘に納め、ショートはふり返りもせず歩を進めていく。

「こっちにゃあるんだ。なあ、あの色男の弱点を教えてやると言ったら、どうする？」

ショートの足が止まった。

「おい、後で冗談だなんてぬかしたら」

声には期待と殺気と恫喝が含まれていた。

「それは無え。誓うぜ。何なら一筆《いっぴつ》入れようか？」

「けっ。何処の馬の骨かわからねえ野郎が何ぬかしやがる」

ひと呼吸置いて、

「――どんな手だ？」

「そう来なくちゃ」

と少年は満面の笑みを作った。

「その前に名乗るぜ。おれはセリアってんだ」

Dならばその名の主を知っている。かつて道行きを共にし、やがて自らの手で心臓を貫いた相手だったからだ。

「ま、朝から開いている呑み屋もある。そこで話そうや」

「ふむ」

ショートも受け入れたらしい。

顔を合わせることもなく、二つの影は盛り場の方へ歩き出した。

2

「街の者はみな、牙を鳴らしてるぜ」

と話しかけたのは、一点の光もない闇の中の声であった。ロージューンジだ。まだ若い。対して、

「それはそうだ。手のついていない人間がやって来たのだからな」

同じく若いが、自然な風格があった。ブンゴである。

「厄介な女だ。みな素知らぬふりして血を吸いにいくぞ」

「抜けがけはならんとお触れでも出しておくか」

「そうだな。みな心得てはいるが、現実に眼の前に現われたら別だ。おれたちももう信じ合うことは出来んな」

「残念だ、全く。女というのは、男の友情に対する神の禊《みそぎ》だな」

「街の連中の九割五分は、あの娘を狙う。こちらもその気になっておかんとな」

「しっ」

とロージューンジが沈黙を強制した。

「来たぞ。三人揃ってお帰りだ」

「血を欲しがるのは貴族と同じだが、昼間眠らなくてもいいというのは、誰のお蔭だい？」

ブンゴが闇の中で肩をすくめたようだ。

「〈神祖〉だよ、〈ご神祖〉様のありがたい施しだ」

ロージューンジがこう言ったとき、三つの気配がドアの前で止まった。

蝶番が喘ぐ。

気配が入って来た。先頭の影が、

「街で聞いた。血を吸われていない女と、〈辺境〉一のハンターが来たらしいな」

愉しげな声が、逆に二人を沈黙させた。

「ああ。娘は弟を捜しに来たらしい。Dの目的はわからん」

とロージューンジの声。

「ショートの奴はどうした？」

「まだDの周りをうろついているぜ」

吐き捨てるように言い放つロージューンジへ、

「一両日中に始末しろと伝えろ。ハンターかあいつ自身かを」

冷たい声が虚ろさを含んだ。

「しっかりしろよ、また鬱《うつ》か」

「そうらしい。出て行け」

「厄介なこったな」

別の声が諦めたかのように告げて、がちゃがちゃと鎖の束が触れ合いながら、誰かの身体に巻きついた。


アリサはDとショートの帰りを待っていなかった。ホテルの支配人に書いてもらった地図を手に、ギャルドン小母さんとやらの家を訪れたのである。

「ドルシネア」の西には占い師や妖術使いなどの家が多い。大半は繁華街に店を出しているが、ギャルドン小母さんはとうに引退して、たまにやって来るお客の相手をしながら、悠々自適に暮らしているらしい。

カタリヤナギの木の間に、何軒もの家が並んでいる。数軒が看板を出しており、「ギャルドン小母さんのよろず相談室」とペンキで描かれた一枚に、アリサは吹き出してしまった。ひどく太った女のイラストがついていたのである。まん丸に近い笑顔が、アリサの緊張を解いた。

呼び鈴を鳴らすと、待つほどもなくドアが開いて、イラストどおりの老婆が顔を出した。にこにこと笑み崩れながら、

「何の用だね、久しぶりのお客さん？　ま、お入りよ」

かなり広いキッチン兼居間で、アリサは事情を話した。

「ああ、知ってるとも」

ギャルドン小母さんは自信たっぷりにうなずいた。

「確か一年くらい前にやって来た若いのだね」

笑顔の中で自分を見つめる眼に悲痛なものを感じて、アリサは思わず、

「何かあったんでしょうか？」

身を乗り出してしまった。

「彼は六人組の生命を狙って、牢獄に閉じこめられているよ」

アリサは息を呑んだ。最悪に近い予想が適中してしまったのだ。

「殺されてはいないのでしょうか？」

「ああ。あたしの耳に入って来ないんだ。まだ生きてるね」

アリサは前のめりになり、かろうじて止まった。安堵が胸の空洞に広がっていく。

「どうすれば、返してもらえるんでしょうか？」

「駄目だね」

「え？」

「六人組の生命を狙った以上、一生許してもらえないよ。どんな目に遭ってるんだか」

「何処にいるんでしょうか？」

「あいつらのアジト――セントラル・マンションだね」

「何か、平凡な名前だわ」

ギャルドン小母さんは、へえという表情になった。

「意外と度胸があるね。さ、もういいだろう？　行きな」

「そんなこと言わないで。弟を助ける手段を考えて下さい」

「あんた、それが出来る唯一の男とやって来たんじゃないのかい？」

Dの顔が閃いた。

「顔が赤いよ。ま、あれだけの色男だ。あたしだってひと眼でぽうとなっちまうさ。帰って彼と相談おし」

「そんな。私――この街と六人組について何にもわからないし。教授して下さい」

「嫌だね」

ギャルドン小母さんは、きっぱりと言った。話をつなげる伝手もなく、アリサは立ちすくんだ。この胆が据った婦人が怯え切っている。六人組とは何者なのだ。

「さ、一ダラス置いてお帰り。ここへ来たことは、誰にもしゃべらない方がいいよ。それと口止めして欲しかったら、あと三ダラス」

四ダラスを置いて、アリサは家を出た。

「手詰まりだけど――お金さえ出せば」

幾らでも、危ない真似をする連中は集められる。それはこの街を訪れた旅人たちの話でわかっていた。

金属音が鳴った。

道の右側は林になっており、ここで数個の人影が激しく動いていた。

「やめて下さい」

と言ったのは、防寒コートを着た男であった。ただし、外に現われている顔も手も、すべて金属だ。

取り囲んでいる六人は、いずれも十六、七の少年であった。三人は掘削用のハンマーを持ち、あとの三人は拳銃――レーザーガンを構えていた。金持ちの餓鬼どもね、とアリサは納得した。

無法の地〈辺境地区〉といえど、レーザーのような光学兵器を入手できるのは、潤沢な資金力を持った金持ちか、その一族に限られる。後は強大な力を持つ無法者集団だ。

真紅の光条が走った。アンドロイドの耳たぶが、ちっと溶けていく。

「ほうれ、ほれ」

三人が立ち尽くすアンドロイドにハンマーをふり下ろした。

かん高い音がして、彼はよろめいた。ハンマーが後頭部を直撃したのであった。

「この前も、こうしてやりゃあよかったんだ」

とハンマーを手にした少年が喚いた。

「木偶《でく》人形のくせに、でけえ面しやがって」

ハンマーは、アンドロイドの肩と腰で凄まじい音をたてた。

「やめてくれ」

アンドロイドが言った。落ち着いた声が、少年たちの怒りの炎をさらに煽りたてた。

アリサはポケットから小さなカプセルを取り出して、彼らの足下に叩きつけた。

凄まじい刺激臭が、少年たちの鼻孔を直撃した。

ぐええ、ひええと腹と鼻と喉を押さえてのたうち廻る。胃液を吐き、ついには血を吐いた。

これは貴族に対するニンニクの比ではない。痙攣をはじめてから数秒のうちに、少年たちは失神していた。

「あなたは平気よね」

とアリサはアンドロイドに声をかけた。

「はい」

アンドロイドは、電子眼でアリサを見つめ、

「ありがとうございました。でも、こんな強烈な臭いでも、あなたは平気なのですか？」

「何とか。子供のときから、その中で育って来たのよ」

「それは凄いですね」

栽培した辛子は十分武器として使える。ショートにもひとつ渡してあった。

「胸を張りたいところだけどね。あなた何で餓鬼どもに襲われたの？」

「昨日、夜市で商品を盗むのを目撃して、やめるように言ってみたんです。それを怨みに思ったんでしょう」

「餓鬼は困るわね」

意識もなく痙攣する少年たちへ、情け容赦もない視線を当てて、

「もし、治安官がいるのなら、ブタ箱へぶちこんだ方がいいわよ」

「仰るとおりです」

「それじゃあね」

アリサは片手を上げて歩き出した。

「お待ち」

ふっくらとした声がその足を止めた。

ギャルドン小母さんが立っていた。

「その子は、あたしの自慢の子でね。それを助けてもらった以上、礼をしなくちゃならないねえ。もう一遍お入り」

と自宅の方へ歩き出した。


闇の中で、男は階段を昇って来る足音を聞いていた。

彼の超感覚でなければ、聴き取れはしないであろう。それも今のみだ。

誰もいない。五人の仲間は、尻に帆かけて逃亡した。巻き添えを食っては堪らんというわけだ。

ドア・ノブが廻った。鍵はかかっている。かちりと外れた。

彼に見えたのは、逆光に浮かび上がった影だけである。

だが、その影の美しさよ。彼は鬱さえ忘れた。

「さっさと閉めろ」

光は網膜を灼いていた。鬱は神経を過敏にし、内臓を活性化させてしまう。影はラキアの前に立った。

「ラキアだな?」

鋼の声が訊いた。

「そうだ」

「おれはDだ。〝ラキアの鬱〟は多くの滅びを招くという」

「そんなこたねえさ」

ラキアは否定した。

「じきに収まる。そこで見ていてもいいし、外へ出ててもいい。もっとも、あんた、おれを斃《たお》しに来たんだろ。殺《や》るんなら今のうちだ。本格的な鬱に入ると、あんただって太刀打ち出来んかも知れん」

「それは面白い」

嗄れ声が、ラキアの眼を剝き出しにした。

「是非、試してみよう。今、鎖をほどいてやるぞ」

「やめろ」

とラキアは爆発寸前の声で言った。

「殺すつもりなら、鬱を終えてからの方がたやすい。そうしろ」

「何だおのれは、自虐の詩か?」

と嗄れ声は呆れた。

「おまえを斃すつもりで来たのではない」

と声が言った。ラキアの全身が安堵に包まれた。内容によるものではない。Dの声に戻ったのだ。

「では、何の用だ？」

とラキアが訊いた。

「バーソロミューは実在するのか？」

ラキアが応じたのは、数秒後であった。安堵の表情は無惨に崩れていた。ぶつぶつと、

「その名前を知っているのか？」

「いるのか、いないのか？」

「正直――わからんな」

嗄れ声が、

「ほほお。どいつもこいつも同じ返事をしよる。名前さえ知らぬ。ただバーソロミューとだけ。みな、知り合い面をしたがるが、よく聞いてみると、何ひとつ知りゃせん。〈都〉の舞踏会で聞いた、対ＯＳＢ《アウター・スペース・ビーイング》（外宇宙生命体）の生き残りがしゃべったっちゅう奴ばっかりだ。恐らく、世界の誰も本当の名前や素姓を知らないんじゃないのか？」

「ふむ」

と嗄れ声にラキアは続けた。

「奴がここにいると、どうしてそう思った？」

Ｄは沈黙に落ちた。

ラキアは薄く笑って、

「当ててやろうか。レディ・ガスパールだろ？　あれは、バーソロミューの唯一の肉親と言われている女だ。あんたの雇い主が誰だか知らねえが、とうとう身内まで殺すことにしたか」

「存在しているかどうかもわからん奴が、家族を斬らせるために人を雇うか」

嗄れ声が笑った。

「だが、レディ・ガスパールは、実在の肉親なんじゃそうな」

「よくわからん」

とラキアが言った。

その響きに何を感じたか、Ｄの瞳が光った。ラキアの声に怯えが加わった。瞳を見てしまったのだ。

「バーソロミューはともかく、レディ・ガスパールはいる。あんた、その女を殺りに来たのか？」

「何処にいる？」

「おい、おれに訊かんでくれ。それより、どうしてここへ来れた？」

「六人組のアジトなら誰でも知っている」

「おお、運の悪いこったな。おれが鬱のときに出くわしちまうとは」

男――ラキアは鎖で三重に巻かれていた。

「普通だと、いくらおれでもこの状態からは自由になれん。ところがどうだ？　気分はどんどんダウナーになりつつあるのに、血も肉も熱くたぎってるぜ」

「そりゃよかった」

嗄れ声が面白そうに言った。

Dは背を向けた。

ドアまで一歩のところで、あり得ない音がした。

鎖がちぎれたのだ。床に落下音が広がった。

「来たぞ来たぞ」

嗄れ声が歓喜の声を上げた。

「気が滅入る」

ラキアは言った。

「こんな落ちこみぶりははじめてだ。Dよ、おまえのせいだぜ」

黒衣の身体は光のような反応を見せた。

バク転しざま身をひねり、着地と同時に、ラキアの心臓へ刀身を打ちこんだ。

刃は弾かれた。

ちぎれた鎖をラキアは胸前に張ったのだ。

弾いた刃は流れず反転した。

横殴りに首へ。

そこにも鎖があった。

「お返しだ」

ラキアの叫びは怒号とも聞こえた。

彼は鎖をふった。

無造作な振りであった。

それは五メートルものびて、Dの刀身と嚙み合った。

一気に二メートルを跳躍して位置を変えた瞬間、

「もういかん――何も出来ない。静かに殺してくれ」

ラキアは両手で頭を抱え、その場に蹲《うずくま》ってしまった。それを罠と感じるDではなかった。

彼は走り寄り、うつ伏せに倒れたラキアの心臓へ一刀を――

刀身は鎖とは別の音をたてて停止した。

ラキアの全身は楕円形をした硬質の外皮で覆われているのだった。

究極の鬱は人間を一室に閉じこめ、一歩も出させないという。今、ラキアはそのレベルに数秒で達したのだ。外皮は鬱の皮で出来ているに違いない。

「これは手強いぞ」

嗄れ声にも緊張がこもっていた。

3

「ああ、嫌だ。堕ちていく——でも死ねない——誰か助けてくれ——Dよ、助けてくれえ」

楕円形の繭《まゆ》状装甲体からの声は、真の苦悩に満ちていた。それは絶対的な鬱の中でも救いを求めざるを得ないものの魂の叫びであった。

「殺してくれ」

ラキアは絶叫した。

「嫌か、駄目か？　なら、殺せるようにしてくれる」

電磁波の色と形を伴った光がDへと走った。

反射的に刀身で受け、Dの全身は痙攣した。神経索破壊線だ。全神経のシナプスを消滅させ、神経活動を無効化してしまう。Dの手から刀身が落ち、彼は前のめりに倒れた。

「何をしているんだ、Dよ？」

そう仕向けたものは、涙声で喚いた。

「これは、おまえに殺してもらうためにしたことだ。本末転倒は許さん。早く怒れ。反撃に出

た。

Ｄの首はねじ曲がり、右腕は天井を、左肘から上は同じく天井、肘から肩は真横を向いてい
痙攣する黒衣の身体を、光の槍は二度三度と貫いた。

ろ。おれを殺してくれえ」

「起きろ、起きてくれ」

繭はＤの方へ回転しながら寄った。

「頼む。立ち直って、おれを殺してくれ。でないと、こうだぞ」

光がまたもＤの身体をねじくれさせた。

そのときドアが開いて、長身の男が現われた。

「リカードか。出てけ」

泣き声で指示するラキアへ、男――リカードは、真っ赤な唇で笑った。

「またメソメソしてやがる。世話の焼ける野郎だと思ったら――そいつはＤか？　大金星じゃねえか。とどめはおれが刺してやらあ」

「触るな。彼にはおれを殺してもらうんだ。邪魔はさせねえぞ」

金切り声である。リカードは苦虫を嚙みつぶしたような顔つきになって、

「全くもう、繭男になると始末に負えねえ。わーったわーった。おまえの好きにしな。しかし、こんな目に遭わせて生かしとくくらいなら、さっさと息の根を止めた方がマシだろう。何考え

てんだよ?」

「余計なお世話だ。出て行け!」

「あいよ」

リカードは背を向けた。

澄んだ調べが、その口から流れはじめた。

「やめー⁉」

ラキアの叫びは苦鳴に変わった。

「耳は聞こえるよな」

リカードは、にやにやと笑った。女みたいなのっぺり顔は美しいとさえいえるが、造作の作り出す影の底に、危険なものが潜んでいた。

「おれの口笛――〈敵意の奏《かなで》〉は初めてか?」

また低い調べが流れた。繭は震えた。

「やめろやめろやめろ〰〰」

光が走った。

「おーっと」

身を躱しはしたものの、リカードが平気でいられるのは命中しなかったからだ。

「危ねえ危ねえ。オカマのヒステリーも自己破壊のレベルまで行くと、こっちにもとばっちりが来る。邪魔すんな！」

「うるさい！」

涙声が光に乗った。

リカードの喉で光が弾けた。

声にならない声が苦痛を噴き上げた。

「ざ、ざまあみろ！　D――起きろ。早くおれを殺してくれえ」

青白い光を喉に溜めたまま、リカードは右手をふり上げた。腰のナイフは三〇センチを超す。

「これは、レディ・ガスパールから貰ったナイフだ。いいところへは行けねえぜ」

それをふり下ろす前に、床から白光が迸った。

リカードの右手首が吹っとぶのは、惚れ惚れするような眺めだった。

拾うのも忘れて、彼は身を低くして戸口へと走った。血の帯がそれを追う。

「ああ、逃げちまった。だけど、これであんたは安全だよ、D。さあ、おれを殺してくれ」

「意外な伏兵がいたな」

嗄れ声が言った。

ふり向きもせず、Dは戸口へ向かった。二人の凶漢の短い言い争いの間に、神経索の破壊から回復することは、信じがたいことであった。

戸口まで続いていた血痕は、一歩外へ出ると消えていた。血止めをしたのだろう。大した精神力といえた。

通行人に訊くと、徒歩二分のところに医院があった。

看板には「病院」としかない。小さな個人病院だ。古くて目立たないが、荒廃の風はない。

一歩入ると、予想以上に広いホールと、ソファの患者たちが待っていた。

全員、血まみれで、白衣の看護師が二人、痛み止めらしい注射を射ったり、包帯を替えたりしている。銃創や刀創もあるが、大半は嚙み切られたり、食いちぎられたり、剝がされたものだ。中には火傷や骨まで溶けた男もいた。

理由もなく凄まじい敵意がDに集中し——恍惚の波に化けた。満ちていた苦鳴や悪罵さえ消滅したのである。

あらゆる瞳の中から、世にも美しい顔がDを見つめていた。

「手首を失った男が来たはずだ」

彼はいちばん近い看護師に訊いた。

「目下、診療中です」

返事はとろけていた。ほとんど無意識状態である。

「会わせてもらおう」

「困ります」

Dは無言で診察室と描かれたドアへと向かった。

ひとり、いかにも荒くれ者といったごついのが、こら待てとケープの肩を摑んだ。

「何じゃい、われ？」

嗄れ声の恫喝が男を凍結させた。〈辺境〉訛《なまり》も堂に入っている。

棒立ちの人々を残して、Dはドアを開いた。

ベッドから投げ出した手首に、白衣の女医が義手を装着したところだった。ベッドのリカードは麻酔で眠っている。

「すぐに神経がつながる」

三〇代半ばと思しい女医の横顔は、肉を削ぎ落としたように鋭いが、何処かに女らしさを残していた。ゆるやかなウェーブがかかった髪は、瀕死の患者でも眼を剝きそうな鮮明な紅《あか》であった。

こんな街でも、女医や女性看護師はいるらしい。それも、義手の装着ぶりを見ると、大した手練《てだ》れである。

「患者は眠っているわ」

とDの方を見ずに言った。

「無作法な男ね。出て行きなさい」

「その男はこれを使用していた」

いつ拾い上げて来たのか、Dの左手に長い刃が鈍く光った。

「貰いものだそうだ――レディ・ガスパールからのな。彼女は何処にいる？」

「とても近くよ。あなたの眼の前」

「ほお」

「もうわかっているんでしょう。私がアガサ・ガスパールよ」

「髪の毛でわかったぞい」

嗄れ声――左手がナイフを握ったまま言った。

「左手に寄生体がいるわね――何なら格安で削除するわ」

「話がある」

そっぽを向いていた顔が、ゆっくりとDの方に転じた。

「入って来たとき、一〇〇パーセント彼を殺しに来たと思ったけれど、いつも人を斬っているわけじゃないのね」

女は薄く笑った。血の気のない唇が、このときかすかな紅《べに》を刷いたように見えた。

「急な患者があと二人いるわ。それが片づくまでお待ちなさい」

Dは無言で身を翻した。ベッドに横たわるリカードには、一瞥も与えなかった。

二〇分ほどで、応接間へ通された。

白い照明の中を、ゆるやかなメロディーが渡っていく。ここに一分もいたら、重患でも眠ってしまいそうだ。音楽療法、光学療法がひっそりと息づいている部屋であった。

ソファに腰を下ろし、女医＝アガサ・ガスパールは、

「伺うわ」

と言った。

そこでＤは何を話したか。

一〇分と経たずに出て来たアガサの顔は紙の色となり、両腕で自らを抱きしめて、激しい震えを止めようとしていた。

戸口で内部《なか》をふり返り、

「それは、世界への裏切りよ、Ｄ」

低い、呻きのような、しかし、それは叫びであった。


光は世界に溢れていた。

一号繁華街の裏の何処かで、ある情報が、ひと言にまとめられた。

「盗まれた」

それは、盗まれた者と盗んだ者とが予想したより遥かに早く、街中に広がった。

「盗まれた」

何が？　わからない。

しかし、伝達の速度は、その情報の本質にふさわしかった。

「盗まれた」

路地から路地へ、

「盗まれた」

暴力集団の溜り場へ、

「盗まれた」

赤いネオンに照らされた女たちの下へ、

「盗まれた」

闇と汚怪の中に蠢く異形たちの下へ。

そして、彼らは動き出した。

もうひとつの情報を合言葉に。

「捜し出せ」


その若者が「ヴァルゴンの店」へ駆けこんで来たのは、まだ陽射しの強い——辺境標準時3AN《アフタヌーン》過ぎだった。

突撃するみたいに身体を丸めた若者へ、

「とっとと出てけ。ここは餓鬼の来る店じゃねえよ」

カウンターの向こうで、頭から潜水服みたいな重防禦スーツを着たマスターが、刺々しい声を張り上げた。

「〝グラナーザン〟をくれ」

と若者は、どす黒い顔の中に、真っ赤な眼を光らせて喚いた。

彼がとびこんで来たときも、陰々とうつむいてグラスを傾けていた客たちが、ぎょっと顔を上げた。

白髪のひとりが、

「あれがあるのか、マスター？」

嚙みつかんばかりの表情で訊いた。

「なら、おれもお相伴に与りてえもんだな」

「おれもだ」

「おれだって」

次々と上がる声には期待と欲望が弾けていた。

「あんなのは無《ね》え。今度その名前を口にしたら、追い出す前にぶち殺すぞ！」

カウンターの下から取り出された六連銃身の火薬銃は、声の主たちに向けられた。テーブルは違うが、弾丸は散弾だ。ちょっと広がれば声の主たちどころか、全員が吹っとんでしまう。

「嘘だ！」

と若者は、痣だらけ傷だらけの全身を震わせて絶叫した。

「ここにあるって、あの六人が言ってた。あれさえ手に入れれば、おれは――」

「やめろ」

若者は続けた。そうすることで正気を保っていられるという風に。

「この店の伜が六鬼人に誘拐されて血を吸われた。しかし、彼は化物にならなくても済む品を持って逃亡したんだ。おれもそれが欲しい。何処にある？」

「無え！　出てけ！」

客たちが次々に立ち上がった。よく見ると、みな蒼白に近い。唇だけが朱いのだ。

「分けてくれ」

「おれにも」

「あたしにも」

女の声はホステスのものだ。

「よせ、来るな！」

主人は最後の警告のつもりであったろう。昼の酒場に銃声が轟いた。いや、砲声であった。

三つのテーブルと計一〇人がボロ布のように吹っとんだ。他の連中も眼と耳を押さえて昏倒する。

「やめてくれ」

弱々しい叫びに、

「やめて欲しけりゃ、夢から醒めろ！　次は皆殺しだぞ」

「わかった」

客たちは両手を上げて、テーブルを起こし、またサイコロ・バクチにふけりはじめた。

「おめえも――」

素早く散弾を詰め、若者を捜すマスターの表情が変わった。いない。

「野郎」

ねじれた唇から乱杭歯がのぞいた。

血光を放つ眼を店の奥に据え、マスターは床を蹴った。

第四章　探り糸の行方

1

若者は奥のドアから続く廊下を歩いて、行き止まり――青錆の浮かぶ鉄扉の前に立った。

鍵はかかっている。

計算済みであった。若者はポケットから五〇センチほどの焼却コードを取り出し、何重かに折り曲げて鍵穴に差しこんだ。端の赤い部分を嚙み切って離れる。まばゆい炎がすぐに炎塊と化した。

炎が消える前に若者は駆け寄ってドアを押した。十万度の超高熱である。鍵の部分は蒸発していた。

広いが、ベッドと椅子しかない殺風景な室内の真ん中で、金髪の少年がベッドの端に腰を下ろしていた。窓にはすべてカーテンが下りている。それでも何処かから陽が差すらしく、室内は薄闇だった。

「おまえか、六人組のところから、〝グラナーザン〟を持ち出したのは？　持ってるんだろ、まだ？　おれにも分けてくれ。いや——寄越せ」

若者は、ベルトの背に差してあった武器を抜いた。三〇センチほどの白木の杭であった。

それをふりかぶって、若者は少年に近づいていった。眼は血光を放っていた。

ベッドのかたわらで、もう一度、

「出せ」

と凄んだ。

少年は若者の方を向いた。青白く、やつれ切っているが、平凡な顔と表情をしていた。

「いいけど……本気で欲しいのかい？」

それこそ蚊の鳴くような声である。その底に沈澱した悪意に、若者は気づかない。

「欲しいとも。あるんだな？　寄越せ」

「僕は動けないんだ。薬の副作用で。パジャマのポケットにあるよ。勝手にお取り」

「お、おお」

若者は狂喜した。緊張の代わりに油断が血管に注入されていく。全身に廻るまで一秒とかからない。

杭だけはふり上げたまま、彼は少年の隣に来て、上衣のポケットに左手を入れた。

少年が、にやりと笑った。

ドアを蹴り開ける前に、マスターはある破壊音を聞いていた。気分は絶望のどん底にあった。息子の心臓から溢れる血の筋と、破れた窓から押し寄せる陽光を見た瞬間、彼は銃口を自分の顔に向けて、ためらわず引金を引いた。


アリサは「中央砦《メイン・フォート》」の前にいた。出入口は東西南北にひとつずつある。アリサが立っているのは、南口であった。

昼だというのに、人の出入りが目立つ。旅人よりも、一般住民らしい連中のほうが多いことが、アリサを驚かせた。

この街の住民はすべて、夜歩くものたちではないのか？

彼らが主人《あるじ》たる貴族と異なるのは、よく知られた事実だ。

食事も普通のものを摂り、昼動いて夜眠る。

だが、飢えている。歳を送るたびに、その飢えは心身にくすぶり、澱のように溜まり、汚物の塊となる。それの拡散を防ぐ精神力が、ぞっとするほど薄くて脆い袋を作り出し、飢えを封じているが、契機《きっかけ》さえあれば、空しくも盛大に解放される。

この街へ到着した晩に買い物客が示した変貌と飢えとを、アリサは覚えていた。

この街は、生ける死者の街なのだ。否、それにすらなり切れない者たちが集う世界であった。

左方で号令のようなかけ声がした。

砦の前の歩道は、広場といってもいいくらいのスペースがあり、二〇名を超す男女が、体操のようなものに励んでいる。陽光の下で汗を流す姿は、この都市のイメージとは裏腹な健全さの象徴に見えた。

一段落したらしく、みな動きを止めて、汗を拭きはじめた。

だが、誰ひとり、空を仰ごうとしない。燦々たるかがやきの源を見ようとしない。その無表情は、自身への嫌悪とも思われた。

一二、三歳と思しい少女が、こちらを見た。眼が合った。凄まじい憎悪のかがやきに、アリサは息を呑んだ。少女にはわかるのだろうか。アリサが普通の人間だ、と。

眼をそらし、アリサは砦の出入口へと向かった。ひどくやり切れない気分だった。

「中央砦」は、外敵の侵入を防ぎ、ドルシネアを守る文字どおり最後の砦として築かれたという。

全高三〇メートル、五百万坪の広さを誇る大城塞は、しかし、そのような崇高な目的の下に設計され、構築されたようには見えなかった。

滑らかな壁面など三メートルもない。突出し、窪んだ表面は完成したときから廃墟を思わせたという。窓は破れ、板が打ちつけてあるが、もとは３Ｄレーダーのドームだったと聞かされ、旅行者は仰天する。針ネズミのように突き出した棘は、光学兵器ともセンサーとも、都市旗掲揚の旗棹とも伝えられ、今では真相を知る者もいない。

だが、旗棹に掲げられるものは、旗ではなく、連日、砦の何処かから投下される死体だ。今も大鴉や凶鳥がついばみ損ねた肉片が、人々の頭上に降りかかって、彼らを散り散りにさせた。

こんな魔群の棲むような施設でも、

「ヒガシライチョウの蒸し焼きだあ」

「ここでしか買えない『砦飴《とりでであめ》』だ。噛み切るのに三〇分はかかるよ、さあ買った」

「生きてここまで辿り着けても、この先はわからないよ。さ、『中央砦』特製の隠し武器を買って行きな」

いきなり、BANGとやられて、死肉を漁りに来た野良犬がぶっ倒れる。待ってましたと駆け寄って、火器で人々を威嚇、死骸を店へ運びこむのは肉屋の親父であった。

砦の一階は商店街といってよかった。

ぐるりと眺めると、エレベーター・ホールがあった。竹を編んだ籠が十列、ワイヤで引き上げられ、引き下ろされて来る。

アリサはちょうど下りて来たひとつに乗って、七階のレバーを引いた。

五階を過ぎたところで、右側の籠とすれ違った。

血まみれの男たちが四人乗っていた。

虚ろな眼がアリサを映して、すぐ下へ消えた。生死不明だ。

籠を下りたとき、アリサは思い切り息を吸いこんで、ゆっくりと吐いた。

目的地は「虎倉庫」である。そこに弟がいると、ギャルドン小母さんは言った。

色々調べてみたかったが、弟と両親への思いが、捨身の行動を取らせた。

長い廊下が前方へ続いていた。左は窓だ。ガラスは破れ、洩れ来る光が、ほぼ灰色の世界に明るさを与えていた。

だが——ここはどういう場所なのか。

天井からは何本ものロープやワイヤがぶら下がり、うち何本かには衣裳をつけた骸骨がかかっている。どれも首吊りではなく、全身に剣《つるぎ》や矢、短槍が刺さって、何本かは今にも抜け落ちそうだ。他にもあったらしく、床には砕けた骨の山が幾つも溜まっていた。骸骨ばかりというのが救いだった。腐臭もない。

右方の壁には木扉が嵌っているが、物音ひとつしなかった。板を打ちつけてある扉も眼についた。

ほとんどが木製だが、金属《スチール》扉も多く、表面や壁にプレートや看板がかかっている。扉にペンキを叩きつけただけの名称もあった。

広い廊下は長くもあった。

虎倉庫
のペンキ文字を読んだのは一〇分後であった。

倉庫といっても、左右の扉まで五メートルもない。

アリサは立ちすくんだ。無謀な無計画のツケがのしかかって来たのである。

どうしよう?

結論を出したのは、右方——やって来た方角から近づいて来る足音だった。

姿も見ずに、アリサは凍りついた。こんな砦に用のある人間が、まともなわけがない。

隠れる場所は——眼の前のドアだ。

把手《とって》を摑んで廻した。動かない。夢中で引いた。びくともしなかった。足音はすぐ後ろに。

悲鳴を上げて押した。そうすれば良かったのだ。あっさりと開いたドアの向こうへ、アリサは身を投げかけ、思いっきりドアを閉じかけて、音をたててはまずいと気がついた。

閉め切る寸前、ドアを止め、そっと閉じた。扉に耳を当てる。

足音は左から右へ抜けていった。

——気がつかなかったのかしら。

とりあえず、安堵を引っ張り出して来た。

その顔の横の壁に、飛び来《きた》った鉄の矢が一本、かっと食いこんだ。

ふり向く前に、ここが何処か確認できた。

扉から推測するよりも内部は遥かに広かった。

猛烈な臭気が鼻を衝く。食うものと食われるもの——獣と餌の臭いであった。

檻が積み重なったその中に、鉄柵の向こうで得体の知れぬものたちが蠢いていた。幾つかは村のカーニバルで見た覚えのある影を備えていたが、ほとんどは初めて眼にする凶獣どもであった。

「よお、別嬪《べっぴん》さん」

耳をふさぎたくなるような下劣な口調にアリサは眼の焦点を合わせた。弩《いしゆみ》を構えた男が立っていた。革製の防禦スーツを着こんでいるのは、後の三人も同じだが、手にした武器が異なる。いちばん痩せた男が火薬長銃、中肉中背が両腰の回転式短銃、肥満体が大鎌だ。何にしても、地獄の番卒なみの連中に違いない。

「おれたちの誰に用だい？」

弩男が訊いた。

「違います。人を捜してるの」

意外としっかりした声が出た。それほど怯えてもいない。

男たちは顔を見合わせ、にんまりと笑った。

「ここが何処だか知ってるんだろうな？　『虎倉庫』だぜ」

「わかってます。ここにいると聞いて来たんです」

「何てんだい？」

「アドネです」

「あー、知ってらあ」

と肥満体が大鎌をゆすった。

「え?」

「あの若けえのだろ。確か一七とか言ってたが」

「それです」

「ああ。なら奥で檻の選別をしてらあ。来な」

と顎をしゃくった。

「でも」

アリサはためらった。

中肉中背と痩せ男が前へ出て、アリサの両腕を摑んだ。

「何するの⁉」

「いいから来なよ。弟に会いてえんだろ?」

否応なしに連れて行かれた。

檻の山と、唸り、咆哮する影たち。真紅の眼、緑の眼、鉄柵に立てられる牙と爪。こんなところで生きるのは、どんな人間なのだろう。

すぐにひらけた一角に出た。

空中に巡らされたベルトコンベアが、ぶら下げた生肉やプラスチックのケースを、部屋の中央まで運んでは落としていく。下で待つ二〇名近い男たちが躍りかかってケースを開けると、何ものかの内臓らしい塊を手鉤で引っかけ、檻の方へ運んで行く。

　身の危険も忘れて、アリサは失神しかけた。あまりの悪臭に耐え切れなくなったのである。

「ほれ、しっかりしなよ」

　弩男が軽く頬を叩いて我に返させた。

「弟はこの中にいるぜ。ようく見な」

　言われて、アリサは眼を凝らしたが、作業にふける男たちの中に、アドネを見出すことは出来なかった。

「いないわ」

「そんなこたあねえよ」

　弩男はにやにやしながら、左方の檻の山を指さした。檻の戸口には、これもベルトが走り、餌を持った人間が個人用の函《はこ》に乗って、縦横に移動しつつ、檻の天井から餌を投入れていた。

「あそこにいるぜ」

　弩男は檻のひとつを指さした。

　獅子に似た緑色の獣が、餌を貪っている。だが、人影などなかった。

「何処にいるの?」

「あの獣の腹ん中によ」

「——」

「このところ、この街へ来た奴は銭もねえくせに博打や盗みにふけるのが多くてな。おれたちがひっ捕まえては餌にしてんのよ。あんたの弟も多分、そん中のひとりだ」

「嘘よ、莫迦」

「おや、ご挨拶だな。せっかく会わせてやろうとしてんのによ」

弩男は、またにんまりとした。彼だけではない。男たち全員が歯茎まで剝いて嘲ったのである。

ぐいと身体が持ち上げられた。

「やめて。どうするつもり？」

「ゆっくり会って昔話でもするんだな。あの獣——ミドリシシの腹ん中で」

「あんたたち——何てことを」

茫然とするうちに、檻の前まで来ていた。

「こいつは大食いの上、口がおごっててな。高え肉しか食わねえんだ。この街でいちばん高えのは、そりゃ人間の肉でよ」

「放して」

「もうそうはいかねえのさ」

大鎌男が前へ出た。

「人間ひとりぶちこむにゃあ入口が狭くてな。おれがバラして入りやすくしてやる」

「やめて」

悪夢だと思った。勿論、これ以上はない現実であった。

鎌が上がったとき、やって来た方角から、高い足音が近づいて来た。

さっき、アリサを追って来たあの足音であった。

2

すでに大鎌男は得物《えもの》をふり上げていた。虹そっくりの弧を描いた刃は、しかし、足音の方へ反転した。

「誰だ、てめえは？」

弩《いしゆみ》男の問いにも、足音の主は足を止めなかった。大股に近づいて来るその顔にアリサは焦点《フォーカス》を合わせて、

「ジョン・ドウ⁉」

ギャルドン小母《おば》さんが息子だと紹介したアンドロイドであった。

「あなた――どうして⁉」

希望が胸に湧いた。

「別れるとき緊張してらしたので、気になりました」

そして、後を尾けて来たのだろう。貴族の技術とこの世界の妖術を組み合わせれば《ハイブリッド》、メカに感情を与えることは比較的たやすい。

「おめえ、木偶《でく》人形だな？」

大鎌を構えた肥満体が凄みを利かせた。

「ひょっとして、この女の彼氏か、え？」

これも長銃を肩付けした痩せが、脅すように訊いた。

「とんでもない」

ジョン・ドウはゆっくりとかぶりをふった。その頭部は不良少年どものハンマーでひしゃげ、耳たぶは溶けている。

「恩返しに来ただけです」

「こりゃいいや」

短銃男が、両手の武器を器用に回転《スピン》させて笑った。

「こんな義理堅い男が、ドルシネアにいたとはな。こりゃ、褒めてやらなくちゃあ」

「いえ、そんな」

ジョン・ドウは片手をふった。本気で恐縮しているらしい。四人に会釈し、

「では、この方はいただいて参ります」

と言った。

「阿呆が」

弩男が吐き捨てた。

硬い音が突き刺さり、アンドロイドの身体は少し揺れた。すぐ収まったものの、左胸から鉄の矢が生えていた。

「何するの⁉」

アリサが歯を剝いて喚いた。駆け寄ろうとするのを、ジョン・ドウが片手を上げて止めた。

「大丈夫です。自動修復システムが稼働します」

動揺もない声が、凶人たちを切れさせた。

まず、長銃が重々しく鳴った。ジョン・ドウの右眼に射入孔が開いた。軽い銃声が続けざまに後を追った。火花が上がり、耳障りな命中音が噴き上がった。

窪んだだけの胴体や顔を見て、短銃男は苦笑を浮かべた。

「やっぱ、これじゃ力不足か」

「やめて！」

堪らず、アリサが走った。

ジョン・ドウに駆け寄る寸前、光の帯が風を切り裂いた。

うっ⁉　と呻いたのは大鎌男であった。眼の前で、首を押さえたアリサが半回転してよろめき、足を踏んばろうとしたが、ならずに床に伏したのだ。一瞬のうちに鎌を戻したが、間に合わなかったのである。

したたる鮮血は、薄闇の中で、ひどく艶めかしい色彩《いろ》に見えた。

「何をする?」

ジョン・ドウがアリサを抱き起こした。無事な方の左眼が青い光を帯びる。押さえた手を離して、傷口を走査《スキャン》し、

「すぐ医者へ行かないと」

と抱き上げた。

「あわてるなよ、兄さん」

弩男が愉しげに声をかけた。

「おれたちとその姐ちゃんとのお楽しみは、まだ終わってねえんだ。さ、そこへ寝かせな」

「そうはいきません。急所は外れていますが、すぐに手当てしないと、出血多量で一命を落とします。失礼」

歩き出そうとするその背を、もうひとすじの矢が貫いた。

わずかに上体を揺すっただけで、ジョン・ドウは歩みを止めない。

「木偶が」

と長銃を構える男を、大鎌男が止めた。

「貫通して女に当たったら元も子もねえ。任せろ」

彼は大鎌を思い切り右へ振り、光る眼で狙いを定めた。

短く吐いた息に乗って鎌は走った。その刃のみが。

回転しながらの刃に旋回も伴った。

ゆるやかに見える軌跡は、ジョン・ドウの首すじにがっきと食いこんだのである。

青い電磁波のよじれが枝を広げ、これが妖術の証しだと言わんばかりに赤い血が噴き上がった。液体ではない。本物の血しぶきだ。このアンドロイドを動かしているのは、油《オイル》ではなかったのだ。

「やったぞ」

大鎌男が両眼をぎらつかせて走り出した。

だが、その自信はすぐ根拠のないものと化した。束の間立ち止まったジョン・ドウは、足も動かさずに半回転すると、膝も曲げずに宙へ飛んだ。

窓があった。

空中でジョン・ドウは身をよじり、背中からガラスに激突した。アリサを守るためである。

アンドロイドは血の糸を引きながら落ちていった。

七階からの着地には凄まじい衝撃が伴った。ジョン・ドウの身体は腰まで地面にめりこんだのである。

だが、どのような仕掛けか、アリサにはそれが届かなかった。

「しっかりして下さい。すぐ医者へお連れします」

ジョン・ドウは、血の気を失いつつある顔に声をかけた。

閉じられていた眼が薄く開いた。

「逃げなくちゃ……あいつらが……来るわ」

喉にひっかかるような声が言った。

「ご安心下さい」

「……え？」

男たちはアリサを追うつもりでいた。アンドロイドもろとも八つ裂きにしなくては気が済まない。戸口に殺到した。

その前に影たちが躍り出たのである。ミドリシシであった。三頭もいることが凶漢たちの背すじを凍らせた。

「どうして、こいつらが⁉」

「あの木偶人形だ。おれたちと争ってる隙に、鍵を壊したんだ」

「畜生！」

大鎌男が身構え、長銃男が肩付けするや、いきなり引金を引いた。

「よせ⁉」

短銃男が叫んだとき、眉間の弾痕から鮮血を噴きこぼれさせた巨獣は、敵と見なしたひ弱な生物へ、隔離への怨みをこめた殺意の塊と化して飛びかかった。

ガスパール医師との話を終えたとき、待合室の方からざわめきが押し寄せていた。恐怖の色に染まっている。

「失礼」

女医が部屋を出た。

耳を澄ませなくても、声はDの鼓膜を揺すった。

「『中央砦』の『虎倉庫』で食われたとよ」

新しい患者らしいのが息も絶え絶えに、

「管理係が三人――頭から食われて、骨しか残ってねえんだ。一面血の海で、ミドリシシの檻が開いてたってよ」

「何処の莫迦がそんなことを――あんな化物が表へとび出したら、また何十人とやられるぞ」

患者のひとりが天を仰いだが、さして不安そうでもない。肉食獣の横行くらい日常茶飯事の街なのだ。

「それがよお」

新しい患者の貧乏たらしい声が、またみなの耳目を集めた。

「ミドリシシも食われてバラバラだというんだ。それも三頭」

沈黙が待合室の全員の唇を封じた。装甲をつけた猛者十人がかりで、ようやく斃せるといわれるミドリシシを、三頭も――

「殺ったのは何だい？　火竜か？」

別の声が加わった。新しく来た声だ。

「だったら、みんなが目撃してるぜ。犯人は見当もつかねえ化物だ。こりゃ、六人組の出番だな」

「三人留守なんじゃねえのか？」

「いや、帰って来た。待てよ、ケセラだけ見てねえな」

「何でえ、こういうときいちばん頼りになる化物が留守かよお」

「五人いりゃ何とでもなるさ」

「ま、それもそうだ」

最後の数個の会話は、穏やかな口調で交わされた。〈辺境区〉の治安官は、大抵が無頼漢、犯罪者、荒くれ者出身だ。でなければ、複雑極まりない人間関係の上に成される犯罪の対策や取り締まりは不可能に近いのであった。当然、同類への扱いはぬるくなる。犯罪者の多くが、〈辺境区〉へ逃亡するのは当然といえた。

このような他所《よそ》からの無頼を押さえつけ撃退するためにも、六人組のような存在は必要悪と見なされているのだった。

アガサが戻って来た。

「着替えたら行きましょう。バーソロミュー・ガスパールのところへ」

Dがまず廊下へ出た。アガサは奥の私室へ向かった。

左側のドアが荒っぽく開いた。

口笛が流れて来た。

Dは左胸を押さえてよろめいた。

〈敵意の奏《かなで》〉であった。

心臓が握りつぶされる痛みが、黒衣の若者を震わせた。彼は前のめりに倒れた。

嗄れ声が何か叫んだ。

低いが通る声である。それでも奥へは届くまいと思われた。

開いたドアの向こうから、リカードが現われた。切断された手首から先には義手がついている。

「さっさとおれを始末しておくべきだったな、Dよ。何のためにドルシネアへ来たのか知らねえが、これでお別れだ」

右手が腰の後ろへ廻り、長いナイフを摑み出した。

廊下の奥から人影が走り寄って来た。

「やめて！」

アガサであった。

そちらに気を取られたリカードの前に、ふわりとDが立った。

「⁉」

横殴りの白光——かっと頸骨を断つ音がした。

血煙を吹きつつ宙に舞った首は、なおも曖昧な表情を浮かべていた。

呆然と立ちすくむアガサへ、血刀を収めた音を冷たく高く響かせて、

「行くぞ」

とDは言った。

リカードの出て来たドアから、二人の看護師がとび出して来た。

首無し死体と、遠くに転がった生首に気づいて、さすがに立ちすくむ前を、Dは足を速めもせずに通り過ぎた。

病院の前に出て、口笛を吹いた。

サイボーグ馬が駆けつけて来たとき、裏口からアガサが現われた。バイクを引いている。

「ほお、『ギャラクシー・エンジン社』の九九型か。これは珍しい」

嗄れ声が感嘆の声を上げた。アガサは苦笑半分、自慢半分の表情になった。

「生産ラインに乗らなくて、二台しか世に出なかった型《タイプ》でね。もう一台は、あなたと同じ貴族ハンター——確かオリビアとかいう娘が乗ってるという話よ。ちょっとした荒馬だけど」

シートについてハンドルを握ると、エンジンが静かに荒々しく唸り、排気ノズルから青白い炎が噴出した。

「行くわよ」

女医は一気にバイクを加速させた。ぐんぐん小さくなる影を見送り、

「やるのお」

と左手が唸った。

「だが、あの勢いがいつまで続くか。バーソロミュー・ガスパールの娘よ——うげっ⁉」

Dも風を巻いて疾走に移った。

アガサは東への道を走った。

「『狂気区』だの」

と左手がつぶやいた。

その名称こそがドルシネアを代表すると人は言う。

街を造った狂気の貴族は、一族の者に幽閉されるまで、自ら建設を指示し、「東区」の一帯に、その朱獄の曼陀羅の華を咲かせた。

バイクとサイボーグ馬が並んで疾走するうちに、周囲の光景は、狂気の意図の片鱗を見せはじめた。

住宅、ビル、商店、鐘撞き堂――あらゆる建造物から〝整然さ〟が失われていく。彼らの周囲を流れていくのは、歪み、ねじくれ、倒立し、逆しまにそびえる建物だ。

いまは巨大な像が左右から二人を見下ろし、虚空を見上げ、殴り合い、つながって、天上の門を永遠にくぐれぬと宣言するかのような姿をさらしている。

「『バーソロミュー卿の美術展』よ」

アガサがおぞましげに言った。

「当人は真の美を追求したつもりらしいわ」

「こしらえた貴族は、バーソロミュー・ガスパールの一族の者か？」

「そんな説もあるけれど、真相は不明よ。貴族は認めたくないらしいわ。これは恥部に当たる」

「そうかのお。わしにはすべて傑作に見えるがのお」

「眼の手術をしてあげましょうか」

「あわわ」

笑っている。

「道中の相棒は選んだら」

アガサは冷たい口調でDに告げた。

3

道は急坂に化けた。八十度を超す百メートルを昇り切ると、逆落としの百メートルが待ち構えていた。降りれば道は右へ捻じれ、突然行き止まりだ。

三方をふさぐ石壁を、二人は無言で見上げた。高さは不明だ。夕暮れも近い蒼穹へ吸いこまれた先端を見ることは出来なかった。

「二千五百八十三メートル」

とアガサがつぶやいた。

「百メートルのただの石の壁よ」

「やるのお。しかし――」

アガサはうなずいて、左方へ眼をやった。菱形《ひしがた》を押しつぶしたような出入口が開《あ》いている。

「何のつもりじゃ」

左手が呆れた。

「狂った金持ちには敵わんな。怖《おそ》れというものを知らん」

Dの考えを聞きたそうな物言いだが、当然返事はなく、二人は扉をくぐった。それもサイボーグ馬が何とか通れるサイズで、Ｄは下馬しなくてはならなかった。

「バーソロミュー・ガスパールは、この先のマンションにいるわ。もう一度断っておくけど、危害を加えたら、この街の全員を敵に廻すことになるわよ」

「ほいほい」

と左手が応じた。

「ところで、あんたは奴の一族か？」

答えず、アガサはバイクを進めた。

先導がある上、Ｄの超感覚をもってすれば、目的地まで迷うことはなかったろうが、常人なら五感に異常を来《きた》し、昏迷に陥り、発狂してもおかしくはない空間であった。付随する何本もの路地はすべて行き止まりか、別の路地と次々につながって迷路と化し、地上を走っていたものが、いつの間にかビルの屋上に通じている。

そのビルも階を重ねるごとに巨大化する逆台形状を呈し、かろうじてそれを支える隣のビルは、どちらも通りに面した壁面が存在せず、内部が透けて見える。そこに奇妙なメカやコンピューターを並べたオフィスが並び、人間らしい姿が出入りするのを見て、アガサが、

「人が勤めてるのね」

と洩らした。

五分ほどして到着したのは、平凡な高層住宅であった。

「何とかなりそうじゃの」

左手の声に、アガサが何か言い出すより早く、

「だといいが」

Dである。アガサは声だけで頬を染めた。左手がむう、と唸って沈黙に落ちた。

門はない。戸口を抜けるとホールであった。椅子もテーブルもない。天井にくっついているのだった。

いい香りが降って来た。住人らしい男が二人、葉巻とコーヒーを愉しんでいる。煙は彼らの頭上——下方のDたちの方へ昇って来るのだった。

「アンドロイドよ」

三人はエレベーターで七階へ上がった。

ドアが開いた。

向こうは限りなく闇に近い青が広がっていた。平原というべきか単なる大地か、Dにも見定められぬうちに、彼方に稲妻が走った。紫の光であった。

細い光の帯の中に、椅子にかけた人影が浮かび上がった。五十メートルほど先である。

Dはすぐそこに達した。

「バーソロミュー・ガスパールか？」

と訊いた。

稲妻がふたたび肘かけ椅子にかけた老人を光の中にさらけ出した。

金糸銀糸の絢爛たる刺繡を施した衣服の上にケープをまとった白髪白髯の老人であった。

「そうだ」

「おれは――」

「D」

と老人はつぶやくように言った。

「待っていた。長い長い間――」

「この都市を作ったのはおまえか？」

「忘れた」

と老人は言った。皺だらけの口が震えるたびに言葉を紡ぎ出した。

「おれを待っていた、とは？」

「おまえの用を先に聞こう」

「この都市に放棄されたあるメカの稼働を止める。その場所と停止法はおまえしか知らん」

「あれは〈ご神祖〉が完成させた品だ。ただひとつの成功したシステムだ。〈ご神祖〉がそれを何と呼んでいたか、知っているか？」

少し置いてから、彼はその名を言い、それから吹き出した。

「おかしくはないか？　堪えても文句を言う奴はおらん。笑え、笑い抜け。はは、ドリーム・

マシン――〝夢の機械〟だとさ」

彼は顔をのけぞらせて笑った。稲妻がその顔と声とを光らせた。声は青い大地に遠く流れた。

不意に戻った。

彼は猛禽が射抜くような眼差しで前方を見つめた。

「〝夢の機械〟が完成したその日に、〈ご神祖〉は、あの青い闇の彼方へ去った。〝夢〟は見られ続けている。いつか、その夢から醒めるように、美しい男がやって来るだろう、と言い残してな。わしは待った。最後に〈ご神祖〉と対峙したこの椅子にかけたまま、な。本当は何も知らずに歳月だけを経ていきたかったが、そこはそれ、外の者が色々と教えてくれる――アガサよ」

「はい」

遠く離れた戸口で、女医がうなずいた。

「よい男を連れて来た――と言ってもいいのかどうか。あの六人が黙ってはいまいな」

「確かに」

五十メートルを隔てての会話なのに、二人は互いの声を十分に聞き分けているのであった。

「おまえも忙しくなるぞ」

「この街はどうなるのですか？」

アガサはきしるような声で訊いた。

「最初は普通の街でした。住むのは悪党や追放者でも、普通の人間でした。それが、段々おかしくなって来た。みな知らぬ間に病み衰え、違うものになっていったのです」

「そうだ。おまえがそうならなかったのは、わしが秘薬を与えたからだ。いつまで効果があるかは、正直わからんが、わしはおまえにガスパールの名も与えた。わしの耳になって世の出来事を知る代償としてな」

「この街はどうなるのですか？」

「来るがいい」

ガスパール卿は、肘かけを摑んで立ち上がった。根を断ち切る音が聞こえたような気が、アガサにはした。

老人はしかし、ぎしりと背を伸ばし、大股で力強く歩き出した。

平原の彼方へと。

またも稲妻が天と地をつないだ。

その落下地点をめざすかのように、老貴族は足を速めた。

「夢の機械なあ」

と左手が呻いた。声はつぶれていた。

「だが、それは誰の見る夢じゃ？」

「ギャルドン小母さんのよろず相談室」へ辿り着いたとき、アリサは臨死状態にあった。病院では助からないと悟ったジョン・ドウは、死後の蘇生に賭けて、自らの創造主の下へと運びこんだのである。

老婆は体調のせいか気が乗らぬ風だったが、何とか処置をした。驚くべきは輸血の法であった。

「目下、我が家には同じ型の血が不足してるね。どうしたものか」

「ならば、私の血を――」

老婆は腕を組み、口をへの字に曲げた。

「おまえの血は、色んな動物や旅人から採血した分に、あたしの調合した秘薬を混ぜてこしらえた合成血液だよ。生身の人間に流しこんでどんな反応が出るかわからない」

「ですが、放っといたら死ぬだけです」

「仕方がないだろ。それに、おまえもここへ来るまでに大分出血してる。輸血が出来る状態じゃないよ」

「この女性《ひと》は、私の生命の恩人です。あなたはいつも仰《おつしや》っています。借りは返さなくちゃならない、と。私はその言葉を信じて来ました」

老婆は眼を閉じ、

「やれやれ。あたしの子が、どうしてこんなにまともに育っちまったのかね」

呆れた言い様の中に、自慢げな光がまたたいた。それから、こう言った。

「この娘の奥に、おかしなものが混ってる。おまえの足したら、どんな副作用が出るかわからないよ」

「他に手はありません」

「わかった」

輸血が始まってすぐ、アリサの隣のベッドに寝たジョン・ドウは、

「助かりますか？」

と訊いた。

「わからないね」

「こんなとき、魂は肉体を離れて、外から死にかかった自分を見てるって言いますよね。体験したいです。条件も揃ってますし」

「あれは幻覚さ」

「そうですか。残念です」

ジョン・ドウは眼を閉じた。血液喪失の錯乱状態が生じたのである。

「ひとつお訊きしたいのですが」

「はいよ」

老婆の眼には哀しみの色があった。

「なぜ、この女性《ひと》の弟さんが『セントラル・マンション』にいると言ってから、本当は『虎倉庫』だなんて嘘をついたのですか?」

「なんで、『セントラル・マンション』のことを知ってるんだい?」

「ここへ来るまで、この女性《ひと》はまだ意識があったのです」

「それで世間話かい?」

哀しい光の奥から強烈な色彩が盛り上がって来た。

「おまえがこの小娘を気に入ったからさ。おまえはあたしの息子だよ。あたしが、魔法図面を引き、鉄鉱石を溶かし、一日一万回も鋼を打って作った子だ。その心臓を完成させるのに、あたしは自分の心臓を千回も止めなきゃならなかった。そりゃ苦しかったよ。そんな苦労をしてこしらえたおまえを、ちょっと顔を出しただけの小娘に盗《と》られてたまるもんか」

「邪推ではありませんか」

「この年齢《とし》になると、どんな考え方だって正しいのさ」

「彼女の弟さんは何処にいるんです?」

「さあてね。何かやらかしたのはわかるけど、もう一遍占ってみないとね。ああ面倒臭い」

「お願いします」

とジョン・ドウは薄眼を開けて老婆を見つめた。

「私はじきに死んでしまいます。息子の最後の頼みを聞いて下さい、お母さん」

老婆は機械の眼から顔をそむけようとしたが、出来なかった。

「ああ、おまえの眼は、死んだ息子と同じ形と色に作ったんだ。おまえの声も息子とそっくりなんだよ。それなのに、そんな眼であたしを見るのかい？　そんな声であたしに訴えるのかい？　――いいよ、いいとも、占ってやるさ」

老婆はふり切るように、奥の机へと向かった。

その背に、細く小さく、しかし血の通った声が、

「母さん、ありがとう」


老婆が赤い糸玉を持って戻って来た時、ジョン・ドウはもう動かなかった。

循環装置が自動的に停止し、輸血も完了していた。

麻酔が効いてまだ眠り続けるアリサの胸の上に、糸玉を乗せて、

「よくお聞き。眼をつぶり、東西南北に礼をしてから、この玉を足下に落とすんだ。最初にこの玉が止まったところにいる奴が、あんたの弟の居場所を知っているよ」

老婆は肘かけ椅子に腰を下ろして眼を閉じた。

窓の外には夕闇が迫り、合わせて風の音が強さを増していた。

少しして、老婆は眼を開いた。

「おかしいよ、何かおかしいよ。あたしがおかしいよ、世界もおかしいよ」

その両眼は小さな血色の沼だった。不意に眼球がとび出した。三十センチほど前方で止まった。眼球を摑んでいるのは、数百本の小さな青い腕であった。

老婆は、かっと口を開けた。眼と同じ色彩の口腔の内側に白い歯並みが見えた。特に目立つのは、二本の乱杭歯であった。老婆もまた〝もどき〟だったのか。

それは不思議なことではないが、夜といえど〝もどき〟たちは尋常な人間を偽れる。或いは本気で人間だと思っている。血臭がしない限り、牙を剝くことはない。アリサとジョン・ドウは血にまみれているが、老婆はさっきまで平気だったのだ。

「どうして、今日はこんなに貴族なんだい？　何が起きたのかい？」

老婆は呻いた。その顔がゆっくりと、ベッドのアリサの方を向いた。

数分後、来客がドアを叩いたとき、屋内からガラスの砕ける音が聞こえた。ドアには鍵がかかっていなかった。

とびこんだ来客は、ベッドに横たわる血まみれのアンドロイドと、その隣のベッドの下に散らばった人間の残骸を見つけて、その場に立ちすくんだ。

「何だ、こりゃ？　楽しそうなパーティの跡か？」

首を傾げたのは、巨漢ギリアン・ショートと、少年セリアであった。

第五章　我、貴族ならざらんと

1

セリアがショートに酒場で持ちかけたのは、六人組の一掃と、それに伴って必要となる新しい仕切り役への襲名であった。

「無茶だよ」

突き放すショートへ、

「あんたとDの戦いを覗かせてもらった。互角だったたじゃねえか。あれなら六人組だって始末できらあ。仲間だったおれが保証するんだから間違いねえ。何もまとめて殺《や》ることたあねえ。ひとりずつ、地味にゆっくりと片づけてきゃいいのさ」

「そのひとりがみな一騎当千だぞ。気楽に言うな」

「その負け犬的先入観が、あいつらをのさばらせてるんだ。おれはもうひとり巻きこむことを考えている。勿論、こっち側へな」

「誰をだ？」

「――Ｄよ」

ちょうど一杯引っかけたところだったので、ショートは勢いよく噴き出した。ウィスキーも一緒だ。

「何がおかしい？」

「どうしておかしくねえんだ？　あのエエカッコしいを仲間に入れる？　よせよせ、六人組を始末にいくたびに女どもが騒いで、仕事なんかしてる場合じゃなくなるよ。それに、おめえ仲間だってんなら、どうして殺したがるんだ？　それも今頃？」

「放っとけ。おれの都合なんざ関係ねえ。いい話か悪い話かだけ判断しろ、礼金は十万ダラス。おれが昔、この街で溜めた金だ」

ショートは、柄《がら》にもない大提案をして来た少年を睨みつけ、天を仰いだ。

鉄槌のごとく拳をふり下ろして、言った。

「よし、乗った」

精神錯乱を起こすという合成酒を浴びるほど飲んで外へ出た。

「お、あそこに別の飲み屋があるぞ」

「よし、行こう行こう」

続けて四軒はしごし、足元も定かならぬ状態で外へ出ると、午後遅くの街路を血を流しながらアンドロイドと思しい姿が走って来て、流しの馬車を拾った。その両手に抱かれている、これも血まみれの娘に見覚えがあった。

「後を尾《つ》けるぞ」

「いいとも」

街の貸し馬屋でサイボーグ馬を手に入れ、猛スピードで追ったが、馬車もさるものでついに見失ってしまった。立ち往生しているところへ馬車が戻って来て、一ダラスでギャルドン小母さんのところだと教えた。

室内の無惨な光景に、二人は酔眼を見張った。

「アリサはどうした?」

「その死体だろ」

セリアが無責任に床の残骸を指さした。

「まさか」

屈みこんだ瞬間、ショートは近くで唸り声を聞いた。

野獣の声だ。

セリアを見た。

少年は部屋の奥にあるもうひとつのドアを見つめていた。

ぬう、と現れた。灰色の四足獣であった。

「――こいつは？」

ショートは眼を細めた。記憶の霧の中にいた。燃える視線が二人に食いこんだ。

セリアが前へ出た。

超スピードによる喧嘩術と得体の知れぬ獣との一戦は瞠目《どうもく》に値しただろうが、獣は不意に身を翻した。

すでに割られていた窓ガラスにとどめを刺す音が鳴り渡った。

「何だ、あいつは？」

セリアが肩の力を抜いて首を捻った。

「貴族が造り出した研究施設の番犬だ。だが、何故、こんなところにいる？」

何が閃いたのか、ショートの両眼は爛々と光を放ちはじめた。

「あいつ……さっさと逃げてったな」

「ああ。急に興味を失くしたみたいだったぜ」

「いいや」

ショートはかぶりをふった。

「違う。あいつは最初から、おれにもおまえにも興味なんかなかったんだ」

「え？」

顔中に訝しさをまぶしたセリアの眼の前で、ショートはおよそ似合わぬ沈思黙考に陥った。

「家の中と周りを調べてから、すぐに出るぞ！」


決して見通しの悪い平原ではないのに、それは忽然と三人の前に立ち塞がった。

二本の輪《リング》が周囲で交錯する中心に、黄金の球体がひとつ浮かんでいた。

「これが〝夢見る機械〟か」

嗄れ声に、バーソロミュー・ガスパールがうなずいた。眼前のメカの意味を測りかねているような表情であった。

「正直、〈ご神祖〉がこれを作った意図も目的も作動後の効果も、わしにはわかっておらん。わしは言われるままに全力を尽くしただけだ。そして、ある日、〈ご神祖〉は姿を消してしまった。この何処とも知れぬ平原に、わしひとりを残してな。この機械が完成品かどうかも、わしにはわからんのだ」

ガスパールの声は、ひどく疲れて聞こえた。

「平原の彼方に〈神祖〉は消えた、か」

左手の声も、疲労感に満ちていた。

「何だかわからん品が、おまえの存在を感知して作動中だ。何が起きるかわかるか、Dよ？」

「破壊する」

とDは言った。あまりに呆気なく素気ない返事に、ガスパールもアガサも眼を見張った。

「おい、こんな場所でドカンか。それはいいが、はたしてそう易々《やすやす》といくかどうか」

左手の声に、二人のガスパール一族は顔を見合わせた。

「美しきもの、来たれり」

とガスパールが口ずさんだ。

「されどその青白い手は汝《な》を救うにあらじ。万物《ばんぶつ》の破滅をもってよしとする手なり」

「何じゃい？」

「〈ご神祖〉が去った日から、毎日、口を衝《つ》く一節だ。おまえと会って、やっとわかったぞ、Dよ。破滅の手を持つ美しい男」

「そう言えば、おまえがこの街へ行くと言い出したのも唐突であった。ひょっとして、〈神祖〉の導きか」

左手の声にも答えず、Dは地上五〇センチほどの空中に浮かぶメカに近づいた。

「おい」

とガスパールが不安に満ちた声をかけた。〈神祖〉のこしらえた、用途も不明のメカニズム。彼らにとっては神秘の対象に違いない。神秘とはこの場合、恐怖を意味した。

Dは左手をコートの内側に入れた。

戻した拳を崩さず、親指で何かを弾いた。

黒い小石であった。

回転する輪《リング》の一メートルほど手前で、それはかき消えた。

「虚数空間か。最高のバリヤーだの。吸いこまれたら、宇宙の哲理に背ける者でない限り、二度とこちらには戻れぬぞ」

「D――やめて」

黒衣の姿はさらに歩を進めた。

「何故、これを残した？　これを残して何処へ去った？」

ガスパールの声には、Dにすら想像できなかったであろう感情が含まれていた。

「怨みますぞ、〈ご神祖〉よ。わしは何処までもお供するつもりでした」

Dが一刀を抜いた。

鬼気に押しのけられるように、残る二人が後じさった。

「危ない」

その位置を探り出したのは、Dであったのか、左手か。

刀身は回転する輪と輪の間――最も狭い交差地点を貫いたのである。

「――D!?」

アガサの叫びは、最も怖れていた事態の発生を告げていた。

Dは忽然と消滅した。

「虚数界に入ったのね」

呆然とつぶやくアガサへ、ガスパールは何度もうなずいた。

「やはり逝ったか、Dという名の男さえも」

堰《せき》を切ったように彼は哄笑した。

「〈ご神祖〉よ、あなたが求めた男は消滅しました。わしはこれからどうしたらいいのです？」

彼はアガサの方を向いて命じた。

「祈れ。アガサよ、祈れ。わしたちに出来るのは、これだけだ」

促すように、紫の光が天と地とをつないだ。

「父さん、世界は――誰のものになるの？」

アガサの叫びが不意に止まった。

眼を閉じて何やら唱えるガスパールの肩を摑んでゆすった。彼は眼を開いて前方を見つめ、あっ⁉　と息を呑みこんだ。

〈辺境〉随一の貴族ハンターの剣は、神の精確さを備えていたのか。空中のメカニズムは片方の輪《リング》の回転を止め、斜めにかしぎつつあった。

「神よ」

とガスパールがつぶやいた。その意味を知っているかのように。

恐るべき傾斜は、しかし、地上三十センチを残して停まった。

「片方が生きているわね」

アガサが額を拭った。正しく血も凍る一瞬だったのだ。〈神祖〉が宙に浮かせた品を地上に下ろす――〝神〟に逆らう人間どもに何が起きるのか。

青い平原はあくまでも青く――ああ、Dよ、おまえはその何処《どこ》にいる？


アリサは体内での変化を異常事態として捉えていた。

全く異なる血流がその原因だった。それを受け入れた心臓も肺も腎臓も、脳さえも変わりつつあった。

何処をどう通ったかは記憶にない。その前に起こった事件も朧《おぼろ》にしか記憶に留まっていない。いきなり窓からとびこんで来たもの。そこから放たれる凶気と殺気を怖れて、アリサは外へ出た。背後から躍りかかって来たものは、何かに阻止され――

何処をどう歩いたか、アリサは街の〝中央区〟で眠っていた。すでに夕暮れであった。

周囲は人やメカで埋め尽されていた。やはり苦手な昼の陽射しが衰えを見せはじめるや、彼らは意気揚々と生活を開始する。

市場《いちば》での買い物に、酒場での飲酒に、ゲーセンでの遊興に、旅人の追い剝ぎに、牙を持つ者たちは、あっけらかんとシフトしていく。

その中からひとつの影が、眠りつづけるアリサに近づいた。青白い顔が寄って来た。

肩をゆすられて、眼を開けた。

人影が見下ろしていた。

主婦らしい服装の太った女であった。

「……何してるの？」

と訊いて来た。

「何も——すぐに起きるわ」

夕暮れ時なのに、アリサも気づいている。この街の住人たちの正体も。

手足に力を込めたが、鈍い反応しか伝わって来なかった。遠い記憶がアリサを捉えた。大事に持っていた毛玉がない。何処かで老婆に告げられた儀式を行い、放り出したような——

「無理しないでいいわ」

女は助けようともせずに言った。

「じきに動けなくなるもの」

「え？」

はじめて影が赤光《しやっこう》を放った。双眸《そうぼう》だ。かっと開いた口から、二本の牙がはっきりと見えた。

「いただきまーす」

かん高い声を上げて走り寄って来る。血に飢えた貴族もどきだ。

その身体が、ぐんと後ろに引かれた。悲鳴が上がる。

女の髪を引いたのは、明らかに暴力集団と思しい男たちのひとりであった。

アリサには同じことである。四人全員が牙を剝いていたからだ。

「放せ」

と喚く女の首すじに、蛮刀の刃が当たった。

異様な音とともに、女の首は切断されていた。倒れた胴の切り口と女の首とを鮮血がつないだ。それに指先を当て、舐め取って、

「やっぱり――人間《ひと》の血に限るぜ」

男は女の首をその場に叩きつけてふり返った。うなずいてアリサの方へ歩き出す。その身体が硬直した。

不意に左胸から生えた鉄杭は、工事に使用されるものであった。最初から生えていたように、アリサには思われた。

風を切る音はそれから聞こえた。

アリサの頭上――石壁の上からだ。

それを確かめる時間はなかった。

男が崩れ落ちると同時に、背後の三人が走り寄ろうとしたが、その首すじを旋風が走ったのである。風は刃を備えていた。

三つの首が跳ね上がるのは、それなりにダイナミックな眺めであった。

血煙の中に倒れた男たちの向こうに、地を這うような影が見えた。

「おまえは……」

アリサの絶望の声と眼差しに応じたのは、巨大な四足獣であった。

2

喉にかかるような唸り声を獣は洩らした。両眼は血光を放っている。

ずい、と前へ出た。

アリサは事態をまとめようと試みた。見覚えのある獣だった。何処で？　そうだ、この街に来る前、貴族の施設に泊まったときに見かけたあいつだ。あれから、自分を追って来たのだろうか。いや、自分と獣との間に何か——いた。それは——

獣がふり返った。

別の唸り声が聞こえたのである。

路地の半ばを埋める灰色の塊が二つ見えた。直径二メートル超の表面に、おびただしい繊毛を生やした球体が生物であることは、その首とも背中ともつかぬ部分からのびた細紐を摑んだ男がいることで明らかであった。

「可愛いワン公《こ》がやけに騒ぐと思ったら、これか。おめえ、新参もンだな。だが——どっかで……」

男は電子ゴーグルの下で、分厚い唇を歪めた。空いた片手に、アリサの放った毛玉が乗っていた。

ずい、と獣が引いた。

男が紐を放したのか、ワン公とやらが外したのかはわからない。二頭は凄まじい唸りを上げつつその後を――

追いはしなかった。塊のひとつは右方の石塀へ跳躍し、もうひとつは何と、左のビルの壁面を一気に駆け上がったのである。

ぎゃっ⁉　と苦鳴が上がったが、それはワン公のものではなかった。塀の向こうで激しく争う気配に、激しい息遣いと若い女――少女の声が混じった。

ふわりと向こう側から石壁へ舞い上がったのは、金髪を三つ編みにした少女であった。花柄のスカートに当たったたつぎがアリサの記憶を鮮明にした。

少女は指をさした。貴族の遺跡ではじめて会ったときのように。胸もとにも血の花が咲いている。はじめて会ったときのように。

「逃がさないよ、あたしの最初の獲物」

言うなり、身を捻《ひね》って向こう側へとび下りた。

男が口笛を吹いた。それ以上の戦いを忌避したのだ。

すぐにビルへ消えた塊のひとつが窓から舞い降りた。重さを感じさせぬ着地ぶりであった。手も足も見えない。転がって移動するらしい。

男が耳を近づけた。アリサには何も聞こえなかったが、数秒で男はうなずき、アリサの方を見た。

「餓鬼がいたが、すぐ逃げたとよ。こいつが追っかけても及ばなかったんだ。只者じゃねえな」

そこへもう一頭が塀をとび越えて来た。一部が血にまみれている。そちらへも耳を傾けて、

「こいつの相手も逃げたらしい。こっちは闘《や》り合った。深傷を負わせたというから、どっかで傷の手当てをしてるだろう。見つけるのは簡単だが――おい、別嬪さん、うちの溜り場でちいと事情を説明してくれねえか？　おれはケセラ。六人組のひとりだよ」

「あたしはアリサ――弟を捜しにドルシネアへ来た」

声ははっきりと出た。アリサには胸を灼《や》くほど気にかかることが生じていた。

眼の前に倒れている首なし死体ではない。その前に――心臓を鉄杭に貫かれて殺された若者だ。

指さして訊いた。

「こいつを殺したのは、そのビルの上にいた人よ。どんな顔形《かおかたち》だったか、わかったら教えて。そしたら、何処へでも行くわ」

男――ケセラは、ふーむと唸ってから、塊に耳を寄せた。すぐにアリサに向き直って、

「年の頃は二〇歳前、十六、七歳。身の丈一六五、痩せ型で素早い。多分、貴族もどきだろう」

この塊はそんなことまでわかるのかと、アリサは呆れ返った。

「あの――」

「――そうそう、眉間に火傷の痕がある、とよ」

「アドネだわ」

間髪入れずに声が出た。

「何処へ行ったの？　わからない？」

「残念ながらな。だが、この街にいるんなら、すぐに見つけてやるよ。ただし、礼はしてもらうぜ」

「何でもするわ」

「よし。とりあえず移動だ」

男は塊に紐をつけ、路地の入口へ顎をしゃくった。

アリサがついていくと、ケセラは入口でふり返り、左手で何かを切るような仕草をした。

「いいところへ行きな」

こう言って歩き出そうとした足が止まった。その前に塊も止まっている。

ケセラは訝《いぶか》しげにアリサを見た。

「何かおかしい」

「え？　あたしが？」

「ああ。おめえもおかしい」

「え？」

「普通の人間に見えるが、どうも腑に落ちねえところがある」

「………」

ケセラの眼が頭上へ上がって、アリサはほっとした。

「だが、本当におかしいのは別のところだ。何か、この街全体が狂いはじめてるような」

アリサは全身を固くした。それは、新しく血の中に流れはじめた成分の仕業かも知れなかった。

ケセラの住《すま》いは、繁華街の東の外れに建つ廃屋であった。

ケセラは二匹——というべきか——の塊を戸口で解放した。少し唸ってから、一匹はその場にうずくまり、片方は裏へと移動していった。

「あれって番犬？」

「番犬にして猟犬——おれのこしらえた合成生物だ。おめえの弟を追っかけたのがヤッピ。もう一匹がトッピという」

「こしらえた？　あなた――学者さん？」

返事はなく、ケセラはドアの鍵を開けた。

外見とは別物の清潔で豪華な内部に、アリサは呆然と立ちすくんだ。

「持ち主の見てくれとは大違いか？」

笑いながら、アリサにソファをすすめ、ケセラは奥へ入ると、救急箱を抱えて戻って来た。

「ここへ来るまでの様子を見てたら、大したことはなさそうだ。抗体強化薬で十分だろ」

二粒の赤い丸薬をアリサは水で呑み下した。

周囲を見廻し、

「ひとり暮らし？」

と訊いた。

「ああ。後の五人とは気が合わないんでな。おれはもっぱら後方支援だ」

「医療担当？」

「そうなるな。あいつらもときどき負傷する。そのとき、にわかドクターのお出ましってわけだ」

「普通の人は診てあげないの？」

「六人組の仲間には、みな近づきたがらないのでな」

アリサは納得した。

それから、

「弟の居場所——わかるって言ったわよね。教えて下さい」

「その前に——左のドアの先に浴室がある。シャワーを浴びて来い。着替えも用意してある」

「え？」

「礼はしてもらう」

その眼つきでアリサは理解した。

「それは——いいけど、後払いじゃダメ？」

「駄目だ」

「あなたが弟の行方を捜せるって保証は？」

「礼を払ったら、一時間以内に連れていってやろう」

「嘘。どうやって？」

「ヤッピが弟の匂いを嗅いでいる。あいつの鼻は千キロ離れていても逃がしはしない」

「その保証は？」

「信じるしかあるまい」

アリサは溜息をついた。

「前払いオッケー」

顔中を歪める娘に、凶漢のひとりは声を上げて笑った。

「では行って来い」

これも清潔なシャワー室で、適温の湯を浴びていると、全身の疲れが抜けていくような気がした。

この先に待っていることを考えると、不安もいいところだが、不思議と不快さは感じなかった。ケセラの人柄もあるし、弟のためには仕方がない。

しかし、あのとき向こうもアリサを姉と気づいたはずだ。何故、声のひとつもかけなかったのか？

焦りが募って来て、アリサはシャワーを切って外へ出た。

豊かな胸や足腰は労働の賜物だと、よく両親に誉められたものだが、年頃の娘らしい、艶やかさが絡みつく清楚な印象は何ものも拭いがたい。

バスタオルからは芳香が漂った。胸のあたりを拭いていると、窓の外で悲鳴と吠え声が爆発した。

「何をする⁉」

聞き覚えがあった。

ほとんど同時に居間の方で、もっと若い喚き声が、これも咆哮に混じって、

「邪魔するな」

張りつめた革を打つような打撃音――そして、うわという悲鳴。

着替える暇もなく、アリサはバッグを摑んでとび出した。トウガラシのスプレーを手に居間へ突入する。

ケセラの足下にヤッピかトッピの片方がうずくまり、その下で、少年といってもいい若者が手足をバタつかせている。

「この子は？」

「昔の知り合いよ。今は殺し屋だ。大した脚力の持ち主だぜ。トッピに一発食らわすとはな。だが、脚に比べてパンチは弱かった」

塊の下で、畜生、離しやがれと聞こえた。

「外にもひとり――」

――いるわよ、と言いかけた途端、居間の窓ガラスを破って、思ったとおりの男が長剣片手にとびこんで来た。

「ショート⁉」

凶暴な顔が、はっとこちらを見て、すぐいつもの和やかさを取り戻した。

「アリサか――何してる？」

「あなたこそ――この人は六人組のひとりよ、知ってるの？　あなたの雇い主じゃないの！」

「いや、その」

「そう言えば、聞いたことのある名前だ。Dを殺す約束だったな」

「いや、その」

「どうやら、しくじったばかりか、雇い主に剣を向けるとは、戦闘士の風上《かざかみ》にもおけん奴――おれが引導を渡してやろう」

ケセラの全身から殺意の瘴気が立ち昇った。

「お、面白え――来い！」

ショートが長剣を構え直した。

「やめて！」

アリサは全身を震わせて叫んだ。魂をふり絞るような声は、男たちの殺気を動揺させた。

「この人は弟の居場所を知ってるのよ！」

アリサはケセラに震える指を向けた。

「あたしは彼を連れ戻しに来たの！　邪魔しないで！」

「しかし」

「どうしてもって言うなら、あたしが相手よ、ショート。もう一度雇い主を裏切るつもり？」

「いや、その」

「殺《や》れ」

と、トッピの下で、少年が喚いた。

「さっさと殺せ。記念すべきひとり目だ。最初が肝心。でねえと、あと五人——絶対に殺《や》れねえぞ」

「うるさいわねえ」

アリサは素早く少年に近づき、その顔を踏んづけた。ぎょえ、と放って静かになった。

アリサは、この間にある考えをまとめていた。

「ね、ケセラ」

と呼びかけた。

「この二人の生命《いのち》——あたしに預けてくれない？　二人分の前払いオッケーよ」

ケセラは苦笑した。

「三人分——それほどの魅力がある前払いかね」

「そこを何とか。二度とあなたは狙わせないわ。いいわね⁉」

決死の叫びだと、二人にもわかったようだ。

「わかった」

「あいよ」

「——というわけよ。どう？」

アリサの視線の先で、ケセラはうなずいた。

「よかろう。だが、もう一度見かけたら、その場で処分するぞ」

「いいですとも」

「余計な真似をするな、このクソ女」

つぶれた鼻でふがふがと喚くセリアの顔を、もう一度踏んづけて黙らせ、アリサは、そのまま床に両膝をついてしまった。

「どいつもこいつももう」

胃の内壁が剝がれるような痛みを感じながら、その胸の中に世にも美しい顔が玲瓏《れいろう》と浮かんでいた。

――D、何処にいるの？

3

「いーや、やっぱり、おれは闘《や》るぜ」

裏切り者と呼ばれても仕方のない男が、視界の外で喚いた。

ショートの巨体は怒りで倍もふくれ上がって見えた。そのくせ、刀身が微動だにしていないのは、さすが歴戦の戦闘士という他はない。

「ほう、大した腕前だな」

と言ったのは、ケセラである。皮肉でも揶揄でもない。ショートを見る眼には、本物の殺気がこもっていた。

「おまえの名は聞いている。だが、Dもやれず、しかも雇い主に牙を剝くとは、戦闘士の風上にも置けぬ奴。おまえから牙を剝くとはいい度胸だ。いまここで処分してくれる」

自由な方の毛玉が、ぐるると野獣の声を放った。顔面血まみれのセリアをつぶしたまま、血走った眼差しをこちらへ向けた。

「ちょっと——よしなさい。あたしが上手くまとめようとしてるじゃないの！」

アリサも血相を変えたが、他のメンバーを合わせた迫力には、一歩及ばない。

「余計な世話を焼くな——下がっていろ」

凄むショートへ、

「やめなさい！」

アリサは凛として叫んだ。

「この街は血に飢えた連中の世界よ。でも、どんな化物だって、生きるのを邪魔はされないわ。ここはそういう生き方を選んだ街よ。あなたたちが戦うのは勝手だけれど、あたしにも都合があるわ。あたしの身近な人間の生命は、そう易々と捨てさせやしない。剣を収めなさい。でないと——」

「ほお、どうする？」

これはケセラである。ショートよりは柔軟な考えを持っているようだ。

「こうよ！」

声より早く鼻先に突き出された円筒から、凄まじい刺激臭が脳芯を貫き、ショートはだらしなく崩れ落ちた。

「悪いけれど、この二人とあたしをホテルまで送ってくれない？」

アリサの要求に、トウガラシの猛臭を避けて数メートルもとびのいた位置で、ケセラは皮肉っぽい笑みを向けた。


夕暮れどき、バイクに乗ったアガサが病院へ戻った。

ある人物が待っている。看護師からそれを聞いて、疲れ切った女医の表情には複雑なものが流れた。

「ようこそ」

診察室にいたのは、ブンゴであった。

「来てはいかんという約定だったが、仲間を殺られては、そうも言っていられん」

「リカードね」

「事情は居合わせた患者のひとりから聞いたが、念のためおまえからも聞きたい」

「はいはい」

数分の懐古談が行われた。

「――すると、Dは虚数空間へ投げこまれたか」

「多分、出て来られないわ」

「本気でそう思うか？」

「ええ」

「だとしたら、私は恋人を見る眼がなかったことになる」

「あら」

刺すような視線から、アガサは眼をそらした。

「人の埒外《らちがい》にある美しさ――それだけで、ある疑念が湧くはずだ。この男は、自分たちとは違うとな」

アガサは薄く笑った。

「あなたがそれを言うの？」

その頬が鋭い音をたてた。

「私たちもおまえとは違う。おまえたちにも、それはわかる。すれ違っただけでな。同類も同じだ。その姿、その匂い、その声、その仕草――何よりも毛穴から滲み出す気配が奴も一族だと告げる。だが――」

このとき、凄絶な光を放ったのは、彼よりもアガサの眼だったのかも知れない。

「おまえたちが私に感じるものを、私たちも奴に感じた。奴は別のものだとな」

「Dはダンピールだと聞いてるわ。あなたの同類のはずよ」

「違う」

「へえ。何処が？」

「多分――運命が、だ」

アガサは沈黙した。それは、同感だと告げるものであった。

「そして、奴の運命は、別の者たちも巻きこもうとする。誰もそれには抗えん」

断言であった。ひどく重い塊のようであった。アガサは異を唱えることが出来なかった。空気はひどく冷え冷えと感じられた。

「おまえも勘づいているだろう」

ブンゴは虚空の一点に眼を据えた。凄絶な光は凄愴なそれに変わっていた。

「何かが起こりつつある。それはわかっていた。この街は朽ちていくのだ」

「……………」

「運命とは最初から決定されている。その始まりから終焉までがな。ドルシネアは終わりに近づきつつある。さて、どうする？」

彼はアガサに近づき、激しく抱きしめた。

アガサは低く呻いた。

「すぐロージューンジを呼ぶ。あれは超物理の天才だ。何をするかわかるな？」

「……〝夢の機械〟を修理するつもり？」

「そのとおりだ」

「〈神祖〉の機械よ。人間《ひと》の手でどうにかなると思って？」

「人間？」

ブンゴはアガサを見つめた。凍りつく女医の身体をもう一度抱きしめ、

「この街の何処に人間がいる？」

こう言って、ちぎれるほど強く唇を重ねると、すぐに離して、

「戻ったばかりでしんどいだろうが、もう一度、〈狂気区〉へ行ってもらおう」

「抗えないからこそ運命よ」

「それでは、人間として生まれ落ちた甲斐がない」

「人間？」

眼を細める女医へ、

「文句があるか？」

と苦笑いが送られた。


闇が落ちる前から、街は喧騒の巷と化していた。

永劫の生命もいつかは絶えると勘違いしたかのように、魔性たちは夜ごと燃え上がるのだった。

あらゆる通りに商店と出店舗《しゅってんぽ》のネオンサインが点り、人々が虫のようにうろつき廻る。昼の死人状態を拭い去らねば、生きて行けぬのが〝貴族もどき〟たちだ。

商品は、尋常な街々の夜市とさして変わりはない。

違いはひとつ――どれを取っても血の匂いがする。

リンゴ水、柘榴《ざくろ》ジュース、生姜湯、ホット・チョコレート――カップからの匂いを吸いこんだだけで、客たちが恍惚と眼を細め、舌舐めずりする舌の奥に鋭い牙が覗く。

〈都〉から仕入れたクッキーを噛み砕くと、口の中に広がるのは、明白な血の味だ。

だから、買い物籠を提げた主婦たちも、仕事帰りらしい男たちも、花火を手にした子供たちまでが、瞳を血色に染めて牙を剝く。人間の血は昼の退場とともに引き下がり、体内を駆け巡る血に含まれるのは、忌わしい貴族のＤＮＡだ。

あちこちで刃の打ち合う響きと銃声が鳴り渡り、暗黒の天と地を粒子ビームがつなぐ。ＯＳＢは、それをふたたび眼にしては、この星の侵略を夢見るのだろうか。

最大の繁華街「中央区」の雑踏に、突如、異音が生じた。

西の門から、荷馬を引いた数個の騎影が登場したのである。人々を押しのけつつ、それは放射状の「中央区通り」の中心――「中央広場」まで進んだ。

「おれはヨケスモだ」

ごつい弓をふり上げて、先頭の一騎は一同の注目を浴びた。

「昼の間に、東の森を根城《ねじろ》にする盗賊団を襲撃し、皆殺しにした上、奴らの獲物を持ち帰った。みなの渇きを癒す血清や血餅《けっぺい》が腐るほどあるぞ。奴らはそれを餌に、ドルシネアの一部を明け渡せと要求する魂胆だったのだ」

怒声が上がり、ヨケスモは弓をふり廻してそれを抑えた。

「さあ、いまくれてやる。早い者勝ちだ」

荷車に乗った影たちは、ヨケスモの配下であったろう。

ひと抱えもあるボール箱が次々に宙に躍り、地に落ちた。箱がつぶれ、中身も破損したものか、鮮血が赤黒い領土のように広がった。

正しく獣の声を上げて、人々はそれにとびついた。

血まみれの唇と舌が血をなぶり、血泥を咀嚼する。はねのけられた老人が、はねのけた若者の首すじにかじりつき、主婦が少女の喉を咬み裂いてしまう。血が跳ね、血煌が躍る。

「もっと吸え、もっと欲しがれ、もっと狂え――そして、この街を護るんだ」

ヨケスモの絶叫に、血清の箱はとび、血漿《けっしょう》は乱舞した。

狂乱の波が何処までも広がっていくのを、血笑混りの眼で見渡していたヨケスモの表情が、ぐい、と固まった。

彼の視界中に、唯ひとり敵意の視線をこちらへ注いでいる若者が立っていた。それを指さし、

「貴様——何者だ？」

とヨケスモは叫んだ。

さした指は鉄矢であった。

それは唸りをたてて、若者の右腿を貫いた。

激しく膝を折ったのは、しかし、若者の後方にいた眼鏡の老人であった。

「待て」

ヨケスモは第二矢を放とうとした。彼は妖弓の術を一本目にはかけていなかったのだ。

若者の姿は、すでに狂乱の波に呑まれている。

矢は放たれた。

ヨケスモの耳が聞いた苦鳴は、二〇メートルほど前方から上がった。

「任せたぞ！」

彼は部下に叫んで鞍からとび下りた。

真紅の眼をかがやかせ、牙を剝いた人々を押しのけ、撥ねとばし、ヨケスモは、右へ折れた小路の半ばに、右足を引きつつ逃げる人影を捉えた。

「止まれ！　今度は心臓だ。おれはおまえを見たぞ」

妖弓の必殺性は、射手の視覚による敵の確認によって発揮される。初回に超遠距離のDを狙

ってしくじったのは、これがいまだしだったからだ。

人影は停止した。

ヨケスモは走り寄り、彼を蹴り倒した。

「助けてくれ！」

その声に五〇も年上らしい老いを聞き取って、ヨケスモは彼を仰向けにし、その顔を見た。

「しまった⁉」

血の歯ぎしりを加えた呻きは、下から老人の顔を覗かせた若い男の仮面に対してのものであった。一瞬に認めた男の顔は、別の仮面のものであった。矢は間違えたのだ。三本目を放っても、夜店で売りさばかれる同じ仮面をつけた別人を射るのが関の山だろう。

「畜生め、何者だ⁉」

呪詛は闇に吸いこまれた。

ふり向いて、彼は石と化した。

黒い長身の影は、闇に溶けてもなお美しく見えた。

「貴様――Dか」

返事はない。

「ちょうどいい。始末しなきゃあならない男だ。おれが仕留めてやらあ」

距離は五メートル。突然の遭遇の動揺は消えている。ヨケスモの弓が上がった。

音速《マッハ》を超える矢はDの心臓を貫いた。

「⁉」

ヨケスモが愕然となったのは、矢が手応えもなく向こうへ抜けたからだ。

「貴様まだ、虚数空間に⁉」

そう知った刹那、すでに跳躍した黒い影は、コートの裾を魔鳥の翼のごとく翻して、顔前の着地と同時にヨケスモの頭部から顎先までを両断してのけた。

「いま脱《ぬ》けた」

とDは言った。

万物の脱出は不可能とされる物理的にあらず数学上の空間から、どのような方法で帰り来たったものか。崩れる射手を見ようともせず、彼はよろめいた。

「うおっと⁉」

背後でとびのく気配があった。駆け寄って来た若者が、Dの鬼気を感じてとびのいたのである。彼は両手を突き出して叫んだ。

「いきなり後ろから近づいて悪かった！　おれはそいつに射られたんだ。名はアドネだ！」

アリサが捜し求める弟の名前だった。

第六章　滅びの運命《さだめ》

1

アドネのねぐらは、「中央区」の北の端に広がる廃工場群の中でも、とりわけ荒れ果てた一軒であった。

驚くべきことに、荒廃荒涼を極めたといってもいい土地に、メカニズムの作動音がなおも鳴り響いていた。

それは一種のエネルギー変換装置であって、擬似永久機関によって発生するエネルギーを、ドルシネアのみならず〈北部辺境区〉の半分に送っていたという。

いまは建ち並ぶ奇妙な形の工場に往時のよすがを偲ぶしかないが、なおも活動を続ける変換装置は、不思議とアナクロな思いを抱かせはしなかった。

工場の管理は基本的にコンピュータの完全制禦《せいぎょ》に任され、その生命線は、アドネの隠れ家に

られたままずでに六時間、身動きひとつ出来ないのであった。


も伸びていた。

虚数というあり得ない世界から帰還した影響は、Dにはすさまじい傷手《いたで》となって現われた。あの小路でヨケスモを斃《たお》してからここまで、彼はアドネの手を借りねば移動できず、横たえられたままずでに六時間、身動きひとつ出来ないのであった。

夜空には星が光っていた。

「夜明けまで三時間ってとこだろう。しかし、あんたよく六人衆のひとりを斃せたなあ。おかしな旅人が来たとは聞いていたが、まさか眼の前であいつを斃すのを見られるとは思わなかったよ。感動のあまり、連れて来ちまった」

「アドネと言ったな？」

黒い死者のように横たわった男が訊いた。

「お、おう」

「姉さんがおまえを捜しに来ている」

「知ってるよ」

少年の声と表情に苦悩が盛り上がった。

「今日、顔を見た。けどよ、二度と会えやしねえ」

「奴らの仲間になったからか？」

「どうしてわかる？」

愕然となった。

「青白い肌、ときどき血色を帯びる瞳、尖りすぎの犬歯――〝もどき〟の特徴だ」

「そうとも、おれははじめてここへ来た日に六人組に拉致され、全員に血を吸われた。それから奴らの言うがままに操られ、見ず知らずの人間を殺しては血を抜き去って奴らに届けた。下働きもいいところさ。そうこうしているうちに、鬱憤が溜まって来たんだ。あんた〝グラナーザン〟って薬、知ってるかい?」

「伝説だ」

とDは言った。美しい死者の声で。アドネは大きくうなずいた。

「そうとも。伝説の〝貴族抜きワイン〟だ。ある程度の量を飲むと、〝もどき〟のレベルなら人間に戻れるという。六人衆のアジトにはそれがあった。おれは奪って逃げた。出来るなら人間に戻りたかった。おかしなもんだな。〝もどき〟に血ぃ吸われても〝もどき〟になる。それでやっと人間世界のしがらみから抜け出せると思っていたら、急にもとに戻りたくなって来やがった。〝グラナーザン〟の瓶を眼にしたら、もう駄目だ。手が勝手に動いて、気がつくとここにいた」

「試してみたか?」

「ところが、まだなんだ。ひと口飲んでみりゃ大体の効果もわかるんだろうが、それが出来ねえ」

「怖いのか？」

「ああ、そうともよ。もしも効かなかったら、おれはもうおしまいだ。一生〝もどき〟として生きていく他はねえ。そう思ったら、手が動かなくなっちまうんだ。かと言って、他人に試されるのも嫌なんだ」

「姉さんと会って街を出ろ」

「そうはいかねえ。〝もどき〟のままだったら、姉貴を襲っちまう」

「おまえには、そんな大それたことは出来ん。安心しろ」

「何だ、その言い草は？」

「世話になった」

Dは立ち上がった。アドネは眼を剝いた。死にかけていた男とは、別人のような回復ぶりであった。

「ど、何処へ行くんだよ？」

返事はなく、Dは戸口へ向かった。

「おい、外へ出るな。この土地にはおかしな噂があるんだ。昼間はいいが、夜になると――」

Dが戸口で足を止めたとき、アドネは説得が効いたのだと思った。

すぐに違うとわかった。

窓の外から複数の足音が近づいて来たのである。

人間の耳には聞き取れないが、〝もどき〟の耳には別だ。

「――あれは〝人狼〟どもだ。餌をさらって来たな」

人間が狼と化す。これも伝説のモンスターである。獲物はその場で殺さず、ねぐらまで運んで貪る。

「〈変獣街〉の連中だ。この声は――餓鬼をさらって来やがったな」

素早く部屋の隅へ駆け出し、立てかけてあった長槍を摑んだ。

全長二メートルを超える槍の穂先は三日月を貫いたように見えた。鎌槍というやつだ。

「行く気か？」

とDが訊いた。

「ああ。爺《じじい》や婆《ばば》あならともかく、餓鬼が食われるのを放っちゃおけねえ。あんたも出るなよ」

ドアノブに手をかけた。

「震えておるな、ケッケッケ」

アドネは気を失いかけた。Dの声が突如、嗄れ声に化けたのだ。

「な、何だ、おい？　これからってときに、ふざけるな⁉」

怒りと驚きを押し殺したのは、人狼の五感の鋭さを知っているからだ。

「バカヤロ」

ひとつ歯を剝いて、そっとドアを開けた。足音は五メートルほど行き過ぎて――止まった。

四足獣は四頭いた。どれもが破れたシャツとズボンを身につけているのが不気味だった。昼間は普通の生活を送る人間なのだ。

前の二頭に手首を嚙まれ、後ろの二頭に足首を押さえられているのは、六、七歳の少年であった。全身血まみれだが、胸は上下している。

すでに血走った狼たちの両眼が、新たな凶光を帯びた。

子供を下ろし、ゆっくりとアドネに近づく足取りは、殺戮の自信と陶酔に満ちていた。

「舐めんなよ」

すい、と鎌槍を構えた姿は、慣れているのか見事なものだ。

「子供を置いて下がりやがれ」

威嚇も堂々たるものだ。

ただし、効かなかった。

四頭は足も止めず近づいて来る。

不意に、前の一頭が地を蹴った。人狼の跳躍は垂直三〇メートルを超える。

光は斜めに走った。

アドネは対人狼戦に慣れていたのかも知れない。

そいつは正しく空中で心臓を串刺しにされた。

二頭目が躍りかかるのを新たな槍術が迎え討つ――しかし、穂は抜けなかった。

刺された奴が、穂を握りしめたのだ。

一頭がアドネに躍りかかる。

その身体を黒い稲妻が真横から貫いた。

ぐほ、と肺に詰まった空気を吐き捨て、一頭は三メートルも左へとんで、地面に激突した。

四頭目が新たな敵の方を向いた。獣の血は、仲間の死を怖れさせぬ復讐の念に燃えていた。

だっと走り出した先は、やって来た迷路の奥の闇であった。

その身体が暗黒に閉ざされるや、鈍い音と苦鳴が上がった。どっと倒れる響き。それが途切れる前に、蹄の音が近づいて来た。

死亡した人狼をふり落とし、アドネは三日月の武器をそちらへ向けた。その口から、

「危《やば》い」

低く洩れた。

蹄の音は人馬の形を取った。

「ブンゴ」

アドネの声は震えていた。

その前方でサイボーグ馬を止め、

「おかしなところにいたな」

と、死の六人衆のリーダーは、静かに感想を述べた。

「あんたこそ、何でこんなところに？」

「人狼どもに子供がさらわれたと親から泣きが入ってな。この時期のこの時間にそんな真似をしでかすのは、リカオ一族だけだ。そして、奴らのアジトはここだ」

アドネを映す眼が、爛々と光を放ちはじめた。

「私たちの下僕の分際で心変わりし、それのみか、〝グラナーザン〟まで盗み出した奴。バラバラにする前に――〝グラナーザン〟は何処だ？」

「うるせえ！」

アドネの長槍が黒い光となって、ブンゴの胸に伸びた。

光は中央で二つに弾け、片方は地面に、穂はアドネの左頰をかすめて壁に突き刺さった。

「うわっ⁉」

身をよじって躱したつもりが、本来ならば串刺しだ。アドネの顔には死相が刻まれている。

だが、ブンゴの武器は何なのか？

二頭の人狼の身体を打ち抜いたのは、刃物でも弾丸でもない。強いて言えばつぶてだが、二メートルもの巨体を半ばぶち切るパワーを持つつぶてなどあり得ない。

もっと不思議なのは、鎌槍の折れ方だ。どう見ても、ブンゴの位置から放った攻撃によるものではなかった。

「もう一度訊く。答えれば、楽に死なせてやろう」

「………」

「おまえにあれを飲む度胸はあるまい。いまも変わらぬのがその証拠だ。飲んでも変わらぬという場合もあるがな。とにかく——何処だ？」

半ば開いたドアから細長い円筒が放られ、サイボーグ馬の足下に落ちた。

驚きの眼を剝いたのがアドネなら、怒りに眼を見開いたのはブンゴであった。

円筒は言うまでもなく〝グラナーザン〟の容れ物だ。貴族に吸血されても人間《ひと》のままでいられる——その奇跡の薬を、まるでゴミのような捨て方ではないか。

二つの視線が同時に迸《ほとばし》り、見えない火花を散らしてぶつかった空間に、黒衣の若者が立っていた。

「何という夜だ。何という場所だ」

ブンゴは茫然とつぶやいた。

「おまえとも会えるとはな——Ｄよ」

答えず、Ｄは円筒の方へ顔を向け、

「持っていけ」

と言った。

明らかな憎悪がブンゴの全身を駆け巡った。単なる円筒に封じこめられたものの価値を、彼は知っている。それをまるでゴミのごとく扱うこの美しいハンターは、一体何者なのか。

「おまえは——この価値を知らんのか⁉」

ブンゴは自分でも訳のわからぬ怒りに急き立てられて叫んだ。眼前の美しい若者には、秘薬のみか自分たちまで一瞥で済ませてしまうだけの存在でしかない——そんな気がしたのである。

「ただし——その男に手は出すな」

Dは言った。ブンゴの問いになど答えもしない。アドネばかりが、はっと彼を見つめた。

Dは、ブンゴがやって来た方角へと歩き出した。

「何処へ行く？」

ブンゴが訊いた。

「おまえのやったことは、アガサから聞いている。あれがドルシネアに来た目的か？　だが、果たせんぞ、Dよ。輪《リング》はいま、私の仲間——おまえも会ったロージューンジという男が修理中だ」

はじめて、Dの眼に感情の色が湧いた。

「直すだと？　あれを？」

別人のごとき嗄れ声に、D以外の二人がぐりと眉を寄せたとき、全身の姿が流れ水のように歪んだ。のみならず、建物も、巨大な炉群も、否、月までが曲がって見えた。

2

「ロージューンジとやらはメカの修理が不得手らしいの」

と嗄《しやが》れ声が言った。錆びた声である。それは悲痛を含んでいた。ブンゴを驚かせなかったのは、そのせいかも知れなかった。

「これからだ」

とブンゴは歯を剝いた。牙であった。双眸は紅玉を収めたように見えた。

「Dよ——おまえは何故、ドルシネアへやって来た？　おまえなら我らより滅びの意味を知っているはずだ。だが、おまえが仕事以外でそれをもたらしたことはないと聞いている」

「奴《いい》は、曖昧な生と死の門を、この街に残して去った」

Dの声である。短く結んだ。

「おれはそれを閉じに来た」

「門が閉ざされれば、この街の住人たちはすべて取り残される。彼らを待つのは、骨まで灰にする陽光だ。たとえ、人間でなかろうと、住人たちは生を望むだろう」

Dの瞳の中で、ブンゴは静かな熱弁をふるった。

「このまま、街を出ろ」

ブンゴの全身から、アドネも失神しそうな鬼気が立ち昇りはじめていた。

Dが応じた。

「仕事はまだ終わっていない」

もう片方の輪は、正常に回転を続行中なのだ。

「それでは仕方がない」

ブンゴの身体から、すうと力が抜けた。

Dの身体が右に流れた。もとの位置に留まった残像を貫いたものは、地面を貫通、陥没させた。

硬い響きが連続し、光るものが弾けた。半ばから砕けたDの刀身であった。同時によろめいた。左右の肺を灼熱の痛覚が突き抜けたからだ。

とどめを――だが、ブンゴも石の像に化けた。その心臓から白い針が生えていた。Dの放った白木の杭だ。

数瞬、二人は崩れた体勢のまま睨み合っていたが、先に前へ崩れ伏したのは、ブンゴであった。

「同程度の傷を負えば、後は不死身比べだ。やはり、この男は及ばぬか」

左手の声が終わらぬうちに、Dは崩壊した地面を蹴りとばした。

土の中から親指の先ほどの球体が現われた。血と泥にまみれた鉄丸であった。貴族以前の古代人間期には、同じような球体を棒で打ち返すゲームがあったといわれているが、ブンゴの必殺技は、その投法を生死のやり取りにまで高めたものであったろうか。

二度咳きこんでから、彼はブンゴの乗って来たサイボーグ馬の方へ歩き出した。

通常、他の乗り手を峻別《しゅんべつ》する人工馬が、Dが乗るまで身じろぎもせず、手綱のひとふりで、ためらいもせず街の中央部へと走り出すのを、アドネは茫然と見送った。

その場へへたりこんだのは、数秒後である。眼前に展開した死闘の凄まじさが、気力を根こそぎ奪い去ったのだ。

そのせいか、右の足首をぐいと掴まれるまで、地面を這い寄って来たものの存在に気がつかなかった。

ひっ⁉　と息を引くアドネを、死相が見上げて、

「〝グラナーザン〟を……よこ……せ」

血光こそ失ったが、なお迸《ほとばし》る両眼の死光の凄絶さに、アドネは一も二もなくうなずいた。

Dの針はブンゴの心臓を貫いたはずであった。

吸血の生命が漲るはずの街路は、いま死の影のものであった。

人々はよろめき倒れ、呻き声さえ立てられずに煩悶した。

――おしまいだ

誰もがそう確信した。

わかっていた。とうとうその日がやって来たんだ。

誰もが、こう反論した。

だが、おれたちは、こんなに簡単に葬り去られるべき存在なのか？

おれたちが何をした？

おれたちの倫理に従って生きようとしただけだ。

誰がおれたちを生んだ？

誰がおれたちをこんなにした？

誰がおれたちを集めた？

生きていけるようにではないのか？

まとめて滅ぼすためか？


あるビルの一室で、繭状の容器から這い出したばかりの男が、しみじみと、

「やっと鬱から脱け出したと思ったら、何だ、このアンダーでダークな雰囲気は？　危《やば》い、また落ちこみそうだぜ」

ぶつぶつと泣き言を言い出したところに、これまた状況悪化を推進するように、ドアが陰気に蝶番《ちょうつがい》の音をきしませた。

入って来た長身の影を見て、

「おお、ブンゴ」

答えて、

「いつからここにいる？」

窓から注ぐ月光の下で、これは美しい死神のような鬼気に彩られた男が陰々と訊いた。

「忘れた」

さすがに、Dとリカードが戦ったときから、とは言えずに濁して、答えなどどうでもいい風に、奥のロッカーから連装弓《れんそうきゆう》と円矢筒《まるやづつ》を引っ張り出したブンゴを睨みつけた。

「おれの勘によれば、リカードとヨケスモは殺られた。残りはおまえとケセラだけだ。一緒にロージューンジを助けにいくぞ」

「いいけどよ――ケセラとは連絡がついたのか？」

「ああ。高周波通信器でな。おまえを入れてリカードとヨケスモの三人は連絡が取れずだ」

「それで、殺られたと思ったか。もっとも、このおれも、立ちこめる陰気のせいで、もういっぺん鬱になりそうだが」

「いいから来い」

「あいよ」

ドアの方へ向かうブンゴを追いながら、

「待てよ。ロージューンジはいいとして、おれとケセラだけが生き残りって、どういう意味だ。おまえ、自分を忘れてるぞ」

「私は死んでいる」

きっぱりと返って来た言葉が、ラキアを、これもきっぱりとその場にすくませた。

――こいつ、憑《つ》かれたか
急に彼は心臓を押さえた。

「おやおや、いきなり楽になったぜ。滅びの気が消えちまった」

ブンゴも窓の方を見た。街の灯《ひ》がまたたき、それを煽り立てるように、人々のざわめきが戻って来た。

「やったか、ロージューンジ」

彼は低くつぶやいた。

「〝神〟の造りたもうたものに勝ったか」

少なくとも、あの荒野の安定装置は、正常な機能を取り戻したようであった。

ロージューンジを球体の前に導いたのは、ブンゴではなく、アガサ・ガスパールであった。ブンゴの恋人だ。

見よ、彼の眼の前で、球体とそれを囲む輪は正常な回転を復活させているではないか。狂ったメカを直す――彼は正しく〝神〟に勝ったのだ。

だが、その返礼は呪いだったかも知れない。

ロージューンジの頬は内側の骨の形を鮮明に浮かび上がらせた上、左の眼球は眼窩の内部《なか》へ落ちくぼみ、衣裳が異様にだぶついて見える。骨と皮――その表現が現実となったのだ。

球体の修理に取りかかって、どれほどの時間が経過したかはわからない。だが、ひと眼で、ドルシネアの存亡に関わる危機を感じ取った男は、修理に死力を尽した。

いま、歓喜――というには、あまりにも無惨で不気味な表情を浮かべて、

「やったぞ、ブンゴ。おれは〈神祖〉に勝った」

宣告は苦鳴であった。ロージューンジはその場に崩れ落ちた。

それから経た時間《とき》は、数分であったか、数時間か。平原の彼方にサイボーグ馬にまたがった人影が二頭の獣とともに現われ、彼を認めるや、見事な疾走ぶりで彼とメカを囲んだ。こちらは数秒間の出来事だ。

「よお、ヤッピにトッピ」

ロージューンジは、人影より先に彼を囲んだ二匹の犬に話しかけた。

「その牙の剝き具合だと、おれを食い殺しに来たのか？」

からかう口調ではない。リアルに事態を認識している声音だ。

「仕事は終わったのか、ロージューンジ？」

と馬上の男が訊いた。

「ああ。何とかな」

「そいつは——さすが超物理の申し子だ。おれはいまだに、おめえがおれたちの仲間でいる理由がわからねえ」

「直しはしたが、完璧かどうかはおれにもわからん」

死者の声で、ロージューンジは言った。

「決めるのは、天の上にいる人物だ。このメカは、それくらい浮世離れしている」

ロージューンジの述懐には、馬上のケセラと二頭の凶犬を、球体へ向かせるだけの力があった。

「メカの生命——プログラム維持装置は機構となって、通常はその中心部で防禦《ぼうぎょ》システムに守られているはずだ。ところが、これでは表面全体にプリントされている、厚みというものを持たない完全な二次元の存在としてだ。しかも、それにコンタクトするには、球体の内側からでなければならない。異次元に関わる作業だった。それでも、総合機能維持チップの構成素数は、こちらの世界に属する。おれに出来たのは、素数因子を並べ替えることくらいだった。その並びだって、見通しもなく試していったら、急に安定しちまったんだ。どうしてそうなるのかは、いまでもわからん」

「つまり、いつまた狂い出してもおかしくはない、ということか」

「そうだ」

「正しく、〝神〟の恩恵によって生き延びているようなものだな」

ケセラの緊張し切った声に、ロージューンジは苦笑で報いた。

「ところでケセラ——何故、ここにおれがいるとわかった？」

「街がおかしくなってきたのでな。これはおまえの出番だろうと、犬どもに匂いを追わせたのだ」

「ふむ」

「出ようや」

「いや」

ロージューンジは首を横にふった。

「どうして？」

「このメカが今度狂ったら、街はおしまいだ。おれはここでしばらく監視する」

「しばらくって、いつまでだ？」

「長期安定の見通しがたつまでだな」

「いつ頃たつ？」

「わからん」

ケセラは馬上でうなずいた。左右に二回。灰色の塊が暗い大地を蹴って、ロージューンジに襲いかかったのは、次の瞬間だった。

さらに一瞬のうちに、三つの影はひとつに融け合ったように見えた。正しく。ロージューンジの顔――右眼の位置に二頭の犬は声もなく吸いこまれていたのである。

ロージューンジに必要なのは、眼帯を外す時間だけであった。それも数分の一秒でこなせるよう訓練を積んでいたに違いない。

吸収と同時に眼帯は戻されたが、手はなおもあてがったまま、

「何のつもりだ？」

とロージューンジは訊いた。

「…………」

「あいつらが何処へ行ったのか、おれも知らん。飼主らしく、追いかけていくか？」

「真っ平だ」

とケセラは手綱を握り直した。額にうっすらと汗が浮かんでいる。

「はじめて、おまえの技を見た。まるで手品を見ているようだ」

「それで？」

「おれは前からこの街を出たかったのさ。こんな血まみれの化物だらけの街になんか、絶対にいたくなかった。おれみたいな者でも、他に生きる場所はある。そう思わねえか？」

「さあて。おれにわかるのは、おまえが敵だということだ」

「おい、待て」

ロージューンジの右手がちらりと動くや、ケセラの身体は宙をとび、水のように眼窩へ吸いこまれた。

眼帯を整え、ロージューンジは、

「下司が」

と唾を吐いた。

誰がそばにいても、その身体が仰向けに倒れるとは想像もつかなかったろう。

荒い息が天に吐き出され、胸は激しい起伏を繰り返している。三つの生命を吸収するという大技《おおわざ》に、心身ともに消耗し切った結果であった。

三つの足音が駆け寄って来ても、彼はそちらを見ることが出来なかった。

足音はすぐ、同じ数の馬影と化した。

乗っているのは三人――アリサとショートとセリア。ケセラに捕えられていたメンバーだ。

「これがおかしくなった原因かよ」

とショートが眼を丸くした。

「らしいわね」

とアリサ。

「あいつは何しに来たんだ？　おれたちを置いて、いきなり犬と出てってから、こんなところに――しかし、こいつの顔の中に吸いこまれるとは思わなかったぜ」

　これはセリアである。

「あんたが、おれたちごと追いかけてくれてよかったぜ」

　どうやら、ケセラと犬たちを尾《つ》けて来たらしい。ケセラはともかく、あの凶犬たちに気づかれなかったとは、大した尾行術だ。

「さて、こいつをどうしてくれようか」

　と少年は指を折り曲げた。

「ちょっと――立場が逆転したからって、調子に乗るんじゃないわよ」

　下馬したアリサは、ロージューンジに近づいた。

「大丈夫？」

「……去れ」

　つぶやくように命じた。

「そりゃ出てくわよ、こんな不気味なとこ。その前に、吸いこんだケセラを戻してくれない？　あの人の犬、あたしの弟の匂いを知ってるのよ。突き止めてもらうんだから」

「……早く……去れ。おれは……じきに……復活する……そうしたら……おまえたちを……始末しなくては……ならん」

「――ひょっとして、あの球体《ボール》のため？　あの二人によると、この街と住人を守ってるそうだけど、本当なの？」

「……去れ」

「その前に、ケセラを――」

「無駄だ……戻すことは……出来ん」

アリサは唇を嚙んで、絶望に耐えた。

「わかった。行くわ。あなたは放っておいていいの？」

「いい……とも……」

「はいはい。じゃあね」

と、それでも心配そうに向きを変えた瞬間――

「何するの⁉」

絶叫が唇を割った。

3

街は平穏を取り戻していた。

一時的な異変に人々は捉われはしなかった。光に溢れた市場と商店街、飲み屋とゲーム場、愉しげに行き交う人々が、この街の生命を保証していた。

偽りの生だったとしても。

一頭の騎馬が黒い疾風《はやて》と化してそこを走り抜けた。

Dである。

工場の廃墟からここまで、ブンゴのサイボーグ馬を駆って来た。

その姿を眼にした市民は、あまりの速さに眼を剝き――剝き終える前に走り去った黒いコート姿の美しさに、今度は溜息をつくのだった。

その中に、驚きと戦慄を隠せない者たちがいた。じき、中心部という地点で、彼らは息を引き、互いの顔を見合わせた。眼を凝らせば、闇の彼方へ吸いこまれる後ろ姿が見えて、何でえと胸を撫で下ろすのだが、数瞬前に目撃した現像は、安堵するなと胸をざわめかせた。

そして、数秒遅れて、再び歩き出した彼らの前を、今度こそ鬼気迫る騎馬が通過する。

全身を炎に縁取られ、火の粉をマントのように引いた騎手の顔に見覚えがあった。

中心部を駆け抜け、数分後、炎の騎手は黒衣の騎手を視界に収めた。あと五〇〇メートル足らずで〈狂気区〉という路上であった。

「逃がさんぞ」

つぶやく声も炎に包まれていた。

手綱を左手一本に移し、右手は武器を握った。

「私は前のおれではない。それに気づいてから滅びるがいい」

声と同時に、風を押しつぶして走った武器は、二人の距離をゼロに変えた。

だが——

襲撃者は息を呑んだ。はっきりと視界に収めた標的が、ふっと消えてしまったのだ。武器は空気を貫いた。

消滅地点へ炎の男は駆けつけて、サイボーグ馬を止めた。廃工場を出たとき通りかかった市民のものを奪取した馬である。

「いまの消え方は——奴め、まだ虚数空間に……はて、喜ぶべきか厭《いと》うべきか」

黒衣の若者の疾走を目撃した人々を驚愕させたのは、正しくこの消滅であった。

燃える顔が暗黒の空を見上げた。消えた若者が、その何処かにいるのかどうか、彼にはわからなかった。


窓ガラスを砕いた小石は床に転がったが、アガサの眼を醒まさせる目的は果たした。

着替えて病院の外へ出た。

馬上の人影は石塀にもたれかかっているように見えた。

「ブンゴ」

走り出そうとするのを、騎手は片手を上げて止めた。

「いまの私に近づくな。いや、この後もずっと」

「どうしたの⁉」

女医は立ちすくみっ放しではいなかった。

「来るな。私は――」

その脚に手をかけ、アガサは恋人を見上げた。

「この街は安定しているか？」

「ええ。みんな生きているわ。いつものとおりよ」

「なら、よし」

彼は石塀から身を離し、馬首を巡らせた。

「待って。何処へ行くの？」

「Dを捜す」

「――Dを？　どうしようというの？」

「奴がいる限り、この街は脅やかされる。この手で始末する」

闇の中でアガサは立ちすくんだ。理由はわかっていた。

「惚れたか、あいつに？」

ブンゴは薄く笑った。

「ひたすら美しい――人間《ひと》の心を変えるには、それで十分だ」

「莫迦なこと言わないで」

アガサは身を震わせて叫んだ。何とか脳裡の顔を追い払おうと努めた。

背骨の芯を冷たいものが流れた。

ブンゴが宙を仰ぎ、

「まさか――もう一度か、ロージューンジ⁉」

と呻いた。

膝下から急に力が抜けた。踏んばりかけたが力は入らず、アガサは路上に膝をついた。

「逃げろ」

とブンゴが叫んだ。紫の長衣が別の色に染まった。炎の色に。

「アガサ」

この叫びは夜の闇を裂いたとはいえなかった。美しい若者を包んだ炎は、まばゆい光輝を伴って、アガサを抱擁した。


「何てことしたのよ⁉」

〈狂気区〉の外へ出るなり、アリサは少年に横ビンタを食らわせた。

「痛ってえ。何すんだよ？」

「何が何すんだよだ？　あの球体に火薬銃射ちこんだりしたら、この街がどうなるかわからないの？」

「こんな街——早いとこ滅びた方がいいんだよ」

とセリアは、ビンタを食らった頰を撫でながら口を尖らせた。

アリサは無視して、ショートの方を向いた。こちらもむっつりと押し黙っている。

「あなたは、あの男《ひと》を——」

「やむを得ん。奴はおれたちを吸い取ろうとしたんだ」

それはアリサも確認していた。

ごつい顔がそっぽを向いた。彼の長剣はロージューンジの心臓を貫いたのである。

アドネの行先を尋ねたかったが、いたし方あるまい。また、知っているとも限らない——そう思って、アリサは諦めた。

だが、〈狂気区〉を出るまでに、二時間以上を要したのにはまいった。セリアがいなかったら、いまもさまよい続けているだろう。

「とりあえず、ホテルへ戻るわよ」

「へーい」

「ほーい」

男どもは片手を上げて同意した。闘争の疲れが全身を蝕んでいるのだ。

突然、三騎は闇に呑みこまれ——すぐ戻った。また闇が襲い——退いた。

街灯が点滅を繰り返しはじめたのだ。狂気のスピードだった。

それを怪しむ前に、張りつめた空気に異変が生じた。

アリサと——セリアが胸を押さえて前のめりになるや、馬首にもたれて落馬をこらえた。

「どうした⁉」

ショートは声をかけつつ、長剣へ右手をかけた。

「離れろ」

とセリアが喚いた。

「あの球体を射った影響がいま頃出て来た。おれたちは危険だ。早く行け」

ショートも戦闘士だ。おお、とうなずき、

「しかし、おまえはこの街の出身だからいいが——アリサは⁉」

「あたしも——この街の人の血を輸血されているの」

「えーっ⁉」

ショートばかりか、セリアまで眼を剝いた。ジョン・ドゥの血だ。

「身体中が熱い」

「おれもだ。何か危《やば》いもンが滾《たぎ》って来やがる。ショート、逃げろ！」

「打つ手はないのか？」

「ないわ。早く去《い》って！」

「おまえは普通人だ。狙われるぞ」

頭上で羽搏《はばた》きが聞こえた——と意識する間もなく降下して来た黒い塊に、ショートの両手が一閃した。

地べたへ叩きつけられたのは、翼と鈎爪を持つ飛行生物であった。三匹すべて縦に割られていた。

「まだ牙剝いてやがる！」

叫んだショートの頭上に羽搏きの音が広がった。

「また来るぞ！　逃げろ」

馬体をひと蹴りして走り出そうとしたショートばかりか、残る二人の上体に、翼と爪が群がった。

凄まじい臭気がそれを迎え討った。

アリサが、辛子の粉をふり撒いたのだ。

地上で痙攣する生物は、馬上で咳きこむショートに気づかなかったかも知れない。彼は血を吐いた。

「早く行けと言ったのにな」

セリアの声はひどく冷たかった。

「まだ間に合うわ。早く去《い》って」

アリサが瓶の口に栓をつめながら言った。

「いいや、よく見れば血の気はたっぷりだ。せっかくそばにいるんだ。頂いていこう」

セリアは笑った。唇の間から鋭い牙が覗いた。

「駄目よ、セリア」

「何がだよ?」

貴族ですら辟易する臭気に、かすかに咳きこむだけで、セリアは不意にアリサの顎を掴んだ。

「何を――」

もがくのを押さえつけ、

「まだ牙は生えてねえ。輸血した血は、おれたちのものじゃねえな。なら、あんたも餌ってわけだ」

驚愕に見開かれたアリサの眼が、舌舐めずりする童顔を映した。

やめてと叫んでも声にはならなかった。顎は固定されていた。

びゅっと風が鳴った。薙ぎ落とされた白刃に右腕を肘から切断されて、しかし、セリアは顔を少し歪めたきりであった。

顎を掴んだ肘から先を毟り取って放り、

「あなた――六人組をやっつけに来たんじゃないの⁉」

とアリサは顔中を口にした。

「そのつもりだったがよ、急にここにいたくなった。あいつらを片づけたら、おれが新しい六人衆を結成するとしよう」

「貴様！」

ショートの一刀がふたたび走って、セリアの胴を二つに薙いだ。

斬線は、しかし、たちまち消えた。

「おれはもう、ただのもどきじゃねえ。貴族に近いんだぜ」

セリアは得意満面の笑顔になった。

「見損なったわ」

「そう言うなよ」

彼は左手を軽く上げて捻った。ショートの第三撃は、その指の間に挟み取られ、耳障りな響きを弾いてそこからへし折られていた。

「さあ」

馬ごとアリサへ近づいた。その上体へ、闇から襲いかかった者がある。

「うおお」

セリアの苦鳴に、裂け砕ける音が重なった。月光に噴き上がる黒い血潮を、アリサとショートは呆然と見つめた。

「ははははは」

かん高い笑いは、両手で掲げたセリアの生首に捧げられたものか――白いドレスの少女は、そこからしたたる血潮を思い切り顔と口で受けた。ドレスは血に染まった。

「あなた――!?」

何度目の驚愕か、馬上に固まったアリサへ、少女は首を掲げたまま笑いかけた。

「何て力が滾って来るのかしら。ねえ、もう逃げられないわよ」

「あなた……どうして……あたしを？」

アリサは最も基本的な問いを繰り返した。

「最初の獲物――それだけよ」

「逃げろ！」

ショートが残る一刀で斬りつけた。

水を断つような手応えを残して、刀身はしなやかな身体を通り抜けた。

セリアの鞍上で、少女が身を屈めた。魔性の血にさらに妖威が加わり、アリサまでの跳躍と首を取る一撃は、百分の一秒とかかるまい。

立ちすくむアリサの耳に、これも高揚した知覚のせいか、少女の哄笑と――別の叫びが聞こえた。

危ない。

反射的にふり仰いだ顔が、炎の色に染まった。

第七章　崩壊

1

飛んで来たものは、西の望楼——監視塔であった。紅蓮の炎に包まれたそれは、狙い澄ましたかのように三人の上に舞い降りて来た。

轟きが百千の炎塊を八方に撒き散らした。地上に現出した火炎地獄のごとく、天も焼き尽くさんとする炎の中にも外にも、三人の姿は見えなかった。

数秒後、紅蓮の中に黒い染みのような影が滲むや、落ち着いた足取りで炎の外に出た。

誰か？

夜は自分の最後の出番と知っていたのかも知れない。

炎は全市街区域に及び、その担い手は市民たちであった。あたかも祝祭のごとく彼らは踊り狂い、眼についたものをことごとく炎の中に放った。髪の毛は鬼神のごとく逆立ち、両眼は血光を放った。

行き着く場所が破滅だと、誰もが知っていた。そして、ためらいも痛みもなく、そこへ突き進んでいくのだった。

建物も車も馬車も燃え狂い、天からは幾つもの塊が落下して、数千人の人々を吹きとばしたが、手足を失った彼らは立ち上がり、失った四肢はすぐに癒着してのけた。物体は街が打ち上げた監視用の静止衛星であった。

たまたま訪問中だった旅行者たちは狩りの対象になった。彼らは獣のように逃げまどい、抵抗を試みた者は、その場で虐殺された。

炎で崩れ落ちたビルの瓦礫の中に、人体を折り曲げたサイズの物体が埋もれていた。

「やれやれ」

とそれはつぶやいた。

「何だか、鬱《うつ》が消えてありがたやと思っていたら、躁《そう》になりそうだ。危険だ、これは危険だ」

ひょいと立ち上がった姿は、六人衆の最後のひとり、ラキアであった。Dと戦ったとき、陰々滅々たる状態だったその顔には、いま真逆の意欲と攻撃的精神が猛り狂っている。

狂気の人影が右往左往する街路を眺め、

「さてさて、Dもブンゴもロージューンジも何処へ行った。愉しくて堪らぬおれの相手をしてくれい」

　と歩き出した。中心部の方へ。

　アリサを救い出したのは、あの巨獣であった。四メートルを超す巨体はアリサを咥えたまま、阿鼻叫喚の市内を疾走し、街区の西の端に建つ廃ビルへと運んだ。

「あなたは……どうして助けてくれたの？」

　問うても返事は無論ない。アリサにわかるのは、自分を〝最初の獲物〟と狙うあの少女――彼女をまた獲物と追尾する存在ということだった。

　ぼんやりとだが、アリサも少女と獣との関係を理解しつつあった。

　少女はあの貴族の研究施設で生み出された邪悪な存在なのだ。そして獣は、彼女の作動と同時に覚醒し、その蛮行を防ぐようプログラムされていたに違いない。二者を造り出した貴族の心情をどう考えるべきか。アリサにはよくわからなかった。

　ふと、思った。口に出してみた。

「ねえ、あたしを助けてくれたの？　それとも、あの娘《こ》をおびき出す囮《おとり》に使うつもり？」

　獣の眼もアリサを見ている。じっと見返して、

「ねえ、どっちでもいいの。もしも、少しでもあたしのことを心配してくれているのなら、お願いがひとつあります。弟を捜して頂戴」

ポーチから、小さな写真を取り出した。皺だらけの紙の中で、木立を背に五歳のアドネが笑っている。

「とっても気に入って、しょっ中手に取って眺めていた。弟の匂いがついているはずよ。もしよかったら、捜し出して頂戴」

獣はぴくりとも動かない。

駄目か、と思った。

遠くで爆発音と叫び声が連続した。

アドネはあの中にいる。急に熱いものがこみ上げて来た。

声に変えて叫んだ。

「あそこへ連れてけ、この莫迦犬！」

反応も待たず、扉の方へ走った。

背後からの衝撃が、アリサを柔らかく宙に舞わせ、毛だらけの背に着地させた。

きゃっ⁉　と叫ぶ前に、獣は走り出している。

「いいぞ、行けえ！」

アリサは絶叫した。別人になったように血が騒いでいた。

ドルシネアを包んでいるのは、異常なエネルギーの膨張であった。

狂乱する人々を止める者はなく、破壊と殺戮は永久に続くかと思われた。

ブンゴはそのただ中で、ある人物を探し求めていた。

「何処にいる、Dよ？　私とこの街を放って消滅するな」

燃えさかる炎を背に黒々と叫んだ。

声に応じた影たちが、地を蹴って躍りかかり、頭部を血の霧に変えて吹っとぶ。

「ロージューンジ、この有様は何事だ⁉」

そのかたわらに、人影がひとつ立ち止まった。

「ブンゴ」

「ラキアか？」

躁鬱の超人は、ゲラゲラと笑いながら両手を広げた。

「おれたちゃ、何してるんだ？　いやいや、いままで何をして来たんだ？　ま、楽しきゃいいぜ。それより、ブンゴ、おまえ何か、凄え面《つら》してるぞ。どっか悪いんじゃねえのか？」

「放っとけ――行っちまえ！」

「あいよ――」

片手をふりふり陽気なラキアは去った。

代わりに、おびただしい人影が彼を取り囲んだ。

「街がおかしいぞ。何とかしろ」

「何もかも燃えている。なのに、何故こんなに楽しいんだ」

「あたしもよ。ねえ、あたしたちって何なの？　もう血が吸いたくて吸いたくて」

言うなり、茶髪の娘は隣の老人の首すじに嚙みついた。苦痛のあまり老人は空を掻き、前に立つ商人の喉を引き裂いた。

「何もかもおしまいだぞ、六人衆——打つ手はあるのか？」

怒号と悲鳴の中を、ブンゴは走り出した。当てはなかった。それでも何処かに行くべき場所があるような気がした。

前方を騎馬の影が、「中央区」の方へ駆け抜けていった。

馬も騎手も青い燐光に縁どられていた。

Dであった。

「待て！」

ブンゴは十メートルと空けずに後を追いはじめた。唇からこぼれた牙が長さを増していく。

馬上で風が鳴った。

二つの武器がDを貫いた。手応えはなかった。Dと馬は、現れたときと同じように消えていた。

「待て」

馬の腹を蹴った。

同時に暗黒がブンゴを包んだ。

炎の街区を見ても、アドネは驚きもしなかった。もっとやれ、と思った。街を包む異様なエネルギーは、彼の体内にも燃えていた。人々の狂乱は彼をも捉えていた。燃え狂う精神《こころ》の中に、静かな思いが湧いた。

――何処にいるんだ、姉さん？

彼は徒歩であった。

――あいつ、何処へ行った？

不安が胸を灼いた。ブンゴと〝グラナーザン〟のことである。瀕死だが鬼気迫る要求に怯えて、魔薬を与えた。

十秒と経たぬうちに、彼はアドネの馬を奪って走り去った。

Dを追っていったのだ――多分。

殺《や》られてしまえ、と思った。おれの血を吸った六人衆全員が、あの美しいハンターに斬り殺されてしまうがいい。

その前に――姉に会いたかった。ブンゴに渡す前に〝グラナーザン〟を飲んだ現在《いま》は、人間に戻ったはずだ。ひょっとしたら、二人して故郷へ帰れるかも知れない。

彼は走った。

希望がふくれ上がった。

走行速度は人間並みでしかなかった。

——姉さん、一緒に帰ろう!

両足に、これまでにない力がこもった。

2

「ん?」

逃げまどう住民たちの群れの中で、いまかたわらを通り過ぎた騎影に、ラキアは視線を集中させた。

「野郎——Dか? この街を破滅させた張本人め、ひとりで何処へ逃げる気だ?」

それはD自身にもわかっていたかどうか。

彼はまだ、虚数空間の呪縛から逃《のが》れ切ってはいなかった。

見るがいい。類いない身体のバランスが時折崩れ、頭部が消え、胴には穴が開く。その穴が真円、正四角、六角とさまざまだ。手綱を握る左手さえ失われた。

「おい、じき、西の門だぞ」

すぐに戻った左手の声であった。

「あの娘はどうする気だ？　放っておくつもりか？」

返事はない。Dの首から上は消滅していた。

「この街はもうおしまいだ。少しは責任を感じたらどうだ？　じきここにも炎が廻るぞ。とは言え――」

とひと息入れて、

「こんな大騒動の中で、娘ひとりを見つけ出すのは無理か。向こうからこちらを見つけられればいいがのお」

「別の奴を見つけたぞ」

Dの声であった。

おお、と歓びの声が上がってすぐ、

「厄介な奴が来たの」

門へとやって来た人々の波は、しかし、外への流れとはならず、門前で散開するや、おろおろと立ち止まり、また元来た方へと戻っていく。

「ここを出ては、生きてはいけぬか――よよよ、来た来た来た」

何処かで見つけた簡易車両――四角い台に小型エンジンと棒状ホイールをつけたもの――を、六、七メートル手前で止めたラキアは地面へ下りた。

「おれはいま燃えている。おまえを片づけるためだと、いまわかった」

「やれるか？　こいつはまだ別の空間に属しておるぞ。それに、鬱《うつ》の状態でこそ実力を発揮するおぬしに、躁《そう》の戦いは無理じゃろう」

「安心しろ」

ラキアはにんまり笑うと、口笛を吹くのをやめて身を屈め、路上から石塊を拾い上げた。

「ほうれ」

Dに対して投擲——するどころか、最も鋭い角を自らの顔に叩きつけた。

血が噴いた。

石を捨ててよろめき、ラキアは声をふり絞った。

「ああ、痛い痛い。血も出てる。おれはもう落ちこんだぞ」

Dはすでに全身から鬼気を発している。それが、ふっと消えた。

「いかん。こら、おまえまで鬱になってどうする？」

鬱というよりは、精神的バイオリズムの後退だろう。落ちこんだラキアの気を感じるや、あらゆるプラスの気が消滅してしまうのだ。だが、落ちこみの極致にある当人は、どうやって相手を斃す？

「おおい、みんな——聞いてくれ」

とラキアは声を張り上げた。

「おれたちの街は滅びかかっている。張本人はそいつだ。みんなでやっつけろ」

ざわついていた気配が、急速にひとつにまとまり、散りかけた動きが、一斉にこちらを向いた。

「そいつだ」

とラキアはDを指さした。Dは馬上で動こうともしない。

殺せ、の叫びに、人々はどっと――とはいかず、ぞろぞろとDの方へ歩きはじめた。

だが――

ひとりと多数の影の間に、ふらりと割りこんだ馬がある。

「おお、ブンゴ」

とラキアがかったるそうに言った。

「ここはおれに任せろ」

と六人衆のトップは馬を下りた。

Dも、また。

不思議と安らかな声で、

「おかしな気分だが――やっと決着をつけられる。おまえにも異議はあるまいな、Dよ」

言うなり、ブンゴは両手を自然に垂らす。

Dも一刀を抜いた。サイボーグ馬の横腹につけてある予備の一刀である。

ブンゴが右手を上げた。

巨獣が足を止めた。アリサにはここが何処かわからなかった。いつの間にか群衆から外れて――というより、人々が別方向へ向かったのであった。

――ひょっとして？

こう思ったとき、前方から人影が駆け寄って来た。アドネだった。巨獣の鼻に狂いはなかったのだ。

「姉さん」

「アドネ」

巨獣の背からとび下りて、アリサは弟を抱きしめた。

「走って来たの？」

アドネはうなずいた。休んだばかりらしく、さして息は切らせていない。

「無事でよかった。さ、一緒に帰ろう」

返事が来ない。眼を凝らすと、弟の表情はひどくこわばっていた。

「どうしたの？」

その耳に低いが獰猛な唸り声が届いた。巨獣だ。彼の殺意をあおるものが近くにいるのだ。

「危ない！」

アドネがとびかかって来た。仰向けに倒れながら、アリサは見た。アドネの上をとび越えて、地上に立ったしなやかな影を。

あの娘だ。だが、恐怖の前に驚きと同情がアリサの胸に満ちた。

あの炎の中を生き延びた以上、衣服は焼かれて全裸なのはやむを得まい。だが、幼いとさえいえる裸身はケロイドで埋め尽くされていた。炎を浴びたのだ。

「あなた――可哀相に」

涙が流れた。

少女はにっと笑った。涙も凍りつく邪悪な笑みであった。どんな目に遭おうと、アリサへの殺意は揺らいでいないのだ。


ブンゴの右手は肘から手首まで、四角い木の筒が包んでいた。上部が太く、端に小さな穴が開いている。

「おれの技は知ってるな。これは鉄丸の自動発射器だ。使いたくはないが、ラキアのお蔭で、殺しにも気が入らん。ここで使わせてもらおう」

機械ならば、使い手の意志や気分とは無関係にマッハの投擲を可能にするだろう。

「この街と、住人すべての怒りの弾丸《たま》だ。受けろ」

声と同時に放たれた鉄丸は三発。Dは初弾、二弾と弾きとばしたが、三発目を左肺上部に受けてバランスを崩した。

その前にゆらりと黒い巨影が割って入った。

「邪魔犬め」

少女が吐き捨て、犬が躍った。しなやかな姿は巨体に押しつぶされた。

苦鳴が闇を震わせた。犬の声が。横倒しになった身体は、首のあたりから黒血を路上にぶちまけている。

痙攣する身体を押しのけて、少女が立ち上がった。何処で手に入れたのか、右手に大刃の肉切り包丁を掴んでいる。だが、いまのいままで、そんなもの凄い凶器は可憐な手になかった。実に少女は腹腔にそれを呑みこみ、一瞬で手もとへ吐き出すや、のしかかる獣の喉を掻き切ったのである。

「次はいよいよ」

焼け爛れた顔の中で、血光を放つ瞳が、怯えるアリサを映した。


「とどめだ」

四《し》発目は正しく死の一撃だ。だが、そのとき、ブンゴは体内を流れる血流に異変を感じた。

「これは――ラキア⁉」

声より早く、とどめの一発は放たれた。

世にも美しい響きを上げて、それを難なく跳ね返しつつ、Dは地を蹴った。いままでの戦いぶりが信じられぬ大跳躍であった。

コートの裾が広がったその姿は、巨大な凶鳥《まがどり》――大蝙蝠。

必死で射った五弾六弾もたやすく打ち落とされ、棒立ちになったブンゴの眼前へ着地しざま、ふり下ろされる魔性の一刀。彼の頭頂から股間までを一気に割っていた。

噴き上がる血煙の中で、

「突然、鬱が晴れたか。いや、わかる。もともと死の雄叫びもろとも滅びゆく街よ。たかだか術者の鬱ごときでどうなるものでもなかったのよ」

それこそ鬱病患者のごとく突っ立ったまま、死闘の顚末を見ていたラキアが、よろよろと背を向け、中心部の方へと歩き出した。

「ほお、追わぬのか？」

敵に対するDのやり方を知っている左手にとっては、奇妙な出来事であったろう。

必要ないとも答えず、Dはサイボーグ馬に歩み寄った。

炎が迫っていた。虚空めがけて、火龍のごとき炎の柱が二すじ三すじと追っていく。

その猛火の中を或いは逃げまどい、或いは踊り狂う人々へ加わらんとするがごとく、六人衆最後の生き残りは紅蓮に滲む影となり、やがて呑みこまれていくのだった。

「さて」

と言ったのは鞍上のDではなく、左手であった。

「さて、どうする？」

少女が身を屈めた。恐るべき跳躍攻撃が来るのは明らかだった。そして、アリサにそれを躱す能力《ちから》はなかった。

肢体が風に舞った。

それがアリサを巻きこむ寸前、地を蹴った別の影が、少女を跳ねとばした。

数メートルもとびながら、少女は庖丁を投げた。それは姉の前で両手を広げたアドネの心臓を貫いた。

「逃がすものか」

少女はアリサに詰め寄った。人の形をした執念の塊だ。残る鉤爪でアリサを八つ裂きにするまで倒れはしまい。

音もなく助走に入った。

地を蹴る寸前、白い光がその小さな心臓を貫いた。

垂直に落ちるや、みるみる溶けはじめた身体を少しの間見つめ、アリサは生命の恩人に駆け寄った。

「アドネ、しっかりして。一緒に家へ帰るんじゃないの」

「おれ……やっぱり……帰れないよ」

「どうして？」

と訊きながら、答えはわかっていた。

「姉さんに会いに駆けて来る途中で気がついた。急に息が楽になって、何処までも走れるんだ。普通の三倍も速くだ。〝グラナーザン〟は効かなかったんだよ」

「……………」

「おれはもう帰れない……それに……こうなっちまったよ……」

アドネはゆっくりと路上に横たわった。アリサにはどうすることも出来なかった。

「母さんに何と言えばいいの？」

「……わからなかった、で済むさ。おれは家を出たときから、死んでいたんだよ。さあ、行きな。もうじき、この街は炎の塊になる……」

炎の凱歌が耳を圧していた。

弟の髪を撫でる姉の頭上へ、幾つもの塊になって落ちて来た。

鉄の指が肩に食いこんだ。

「D——助けに来てくれたの？」

黒い腰に腕を巻いたまま、アリサは尋ねた。

サイボーグ馬は〈狂気区〉の方へ向かっている。

「残念じゃが否だ」

と左手が言った。

「ひとつ気になることがあって戻って来たのだ。どうだな？」

問い先はDである。

「異常が生じている。このままだと――」

その声を、アリサはうっとりと聞いたが、あの球体のことだとは思い到らなかった。

「この街と同じ運命があちこちに伝播すると」

「――〈辺境〉全体だ」

「しかし、何が起きたのかの？　あんなものに用があるのは、おまえくらいしかおるまいて」

ここでアリサにもわかった。

「ねえ、それって、光る球のこと、荒野の真ん中にある？」

「知っているのか？」

とDが訊いた。

「ええ」

アリサは、球体を巡るロージューンジとセリアの一件を聞かせた。

「愚かな真似を」

左手が呻いた。

「急がんと――世界が破滅するぞ」

すでに全力疾走に移っているサイボーグ馬の横腹へ、Dは長靴《ブーツ》の踵を叩きつけた。

平原へ入るなり、

「危《やば》いぞ」

左手が、はじめてアリサが聞く恐怖の口調で呻いた。

「下りろ」

Dが言った。アリサは異を唱えた。

「嫌よ」

襟首が引かれるなと感じた刹那、アリサの身体は地上へ投げ出されていた。

「早く街を出ろ」

「駄目よ、連れていって。これ以上、死人を見るのはたくさんだわ。滅びの元凶が滅びるところをこの眼で確かめたいの」

その顔を静かに見つめて、

「弟はどうした?」

とDは訊いた。

「あたしを守って死んだわ。あのワンちゃんと同じく」

サイボーグ馬が走り出した。たくましい腰に、アリサは腕を巻きつけた。


球体から十メートルほどの地点で、Dは足を止めた。

口を開く者はない。

眼についた瞬間にわかっていたことだ。

完全と呼ばれる外見は銃弾を受けた部分から大きく陥没し、アリサが目撃した小さな傷は、壊滅へのカウントダウンを続けていた。風が天地を揺らした。

電磁波の青い帯が衛星の軌跡のように歪んだ母星の周囲を駆け巡っている。

Dの眼は、その狂いよりも球体と地面の接触部分に吸いついた。

一センチもない。

「平原は世界の大地の一部だ。万物の生命は、あと一センチだぞ」

左手の声に、Dは音もなく走った。

背が鞘鳴りの音をたてる。

別の音が細く続いた。

電磁波が跳ね上がった。

Dの胸を貫き背中まで抜けるのを、アリサは見た。

Dの足は止まらない。それを阻止すべく青白い帯は次々に黒衣を覆い、灼き抜いた。

「行くぞ」

とDが言った。

「よっしゃ」

Dの口腔から鮮血がこぼれた。内部《なか》の肉を食いちぎったのである。

血は左手の平に流れこんだ。

その前に細く長く風が吸いこまれた。

天地を構成する四大元素——地水火風のうち、水と風。そして、手の平に生じた口腔の奥に、ごおと青白い炎が燃えた以上、最後の地も何処かで満たしていたに違いない。

すべて揃った。

その瞬間、アリサにはDの全身が真紅の炎に包まれているように見えた。

滅びよ　しばし待て
魔性の刃《やいば》が異を唱えるまで
光は球体を斜めに走った。

それはみるみる太さを増し、二つに裂けた球体を呑みこんで、さらに世界に広がっていった。

その中に黒衣の人影が滲んでいた。

刀身を地面すれすれに下ろしたそれは、光がアリサの視界を埋め尽す寸前、声もなく刀身を跳ね上げた。

光はそれを追い、そしてひとすじの流れと化して平原の空へとのびた。

アリサは眼を閉じた。

開いたとき、平原は何処までも続き、何処までも静まり返っていた。

球体はすでにない。

Dは黙ってサイボーグ馬に戻った。


街はすべて焼け落ちた。

Dたちが戻ったとき、そこは死者の国であった。

陽光がやわらかく降り注いでいる。

「何だか——哀しいわ」

とアリサがつぶやいた。

「あたしたち——何しにここへ来たのかしら？」

返事はない。自分の前にいる美しい若者は何を考えているのか知りたいと、アリサは痛切に思った。

「ねえ、話して頂戴。あたしは二度、奇妙な血を入れたわ。貴族もどきと優しいアンドロイドの。この街が滅んでも、まともでいられるのは、その二つの副作用のせい？」

「恐らくはの」

嗄れ声が言った。そのとき――

呼び声が聞こえた。

「え？」

ふり向いた視線の先に人影が見えた。

しかも、見覚えがあった。

ショートではないか。

彼は瓦礫や柱を蹴とばしながら近づいて来た。

「よう、生きてたか」

「あなたこそ」

アリサは声を詰まらせた。

「おお、運の強さが自慢でな。剣より強いぜ。ところで、Dよ――相手をしてもらおう。前金は受け取っちまったんだ。依頼主が消えたからって、ネコババはまずい」

「馬を捜して来い」

とDが言った。

「外で決着をつけよう」

「いいともよ」

とショートが周囲を見廻したとき、サイボーグ馬は勢いよく走り出した。

「こら、待て。このペテン師め」

絶叫するショートを残して、Ｄとアリサの姿はぐんぐん遠ざかっていった。

『Ｄ—死情都市』（完）

あとがき

「夜市《よいち》」に何度か行ったことがある。

北京と洛陽と台湾と何処かである。

何処も賑やかで楽しかった。北京では、蠍《さそり》の唐揚げをつまんでみたり（本当につまみ上げただけで、食べはしなかったが）、セクシーな女性に、

「セクシャル・マッサージはいかが？」

と申しこまれたりした。（勿論、断ったが、勿論、後悔した）。

いちばん大規模で華やかだったのは台湾であった。右も左も、まばゆい電球で飾りつけられた小売店の列で、あまり多かったため、そのときもいまでも、何を売っていたのかさっぱり思い出せない。

何やら、糸でつながった銅の玉で叩くと鬼が逃げ出すという太鼓みたいな品を買ったのは覚えている。今度こそ、と考えていたセクシャル・マッサージは出て来なかった。

ああいう場所はワクワク胸ドキの雰囲気を愉しめばいいので、買い物は二の次だが、それで

も安くて面白そうな品は幾らでもあるし、さんざん眺めてバイバイも悪いので、結局、買う羽目になってしまう。

凶暴そうでゴツいおっさんの店が続くのに怖れをなしていると、いきなり、純情可憐な少女が、干し蛙や蝮《まむし》の黒焼きの台の向うでにっこりするから、油断大敵である（不味かった）。

本作の「ドルシネアの〝市場〟」は、この「夜市」をモデルにしている。ただし、売り手も買い手も、只者ではないからご用心である。

Dのハリウッド実写化について、少し触れておこう。

プロデューサーと会うたびに、主演（の予定）は誰々、監督（同上）はあれこれ、ゲストはうんぬんかんぬんと言われるのだが、まだシナリオも出来ていない段階なので、他言無用のお達しである。要するに何も決まっていないのだ。脚本家から、原作のイメージは大事にするからご安心といって、ストーリーを送って来た。あれとこれを巧みに合体させてあるが、台詞ひとつないので良いとも悪いとも言えない。

ま、監督と主演がプロデューサーの口にした人物ならば、どちらに決まっても話題になるだろうし、ヒットもするだろう。

しかしながら、それを観たのが雲の上、では少々情けない。

一日も早いクランク・インを望むばかりである。

「死情都市」のDが、あの俳優が演じていたらとイメージしてみた。さて、菊地センセーがどう感じたかは、それも口に出来ない。知りたい方は、新宿〈LOFT／PLUS ONE〉のイベントで、個人的にお訪ね下さい。

二〇一八年八月某日
「吸血鬼」（1967）を観ながら

菊地秀行

P.S.これは別の作品の話だが、『妖獣都市』がブルーレイ化することになり、最近特典映像用の対談に出向いてきた。三〇年以上前の作品だが、今観ても傑作である。川尻監督、熱海で「い〜湯だな」などと歌ってないで、新作お願いしますよ。

吸血鬼《バンパイア》ハンター34
D－死情都市《しじようとし》

朝日文庫
ソノラマセレクション

2018年9月30日　第1刷発行

著　者　菊地秀行《きくちひでゆき》

発行者　須田　剛
発行所　朝日新聞出版
〒104-8011　東京都中央区築地5-3-2
電話　03-5541-8832（編集）
03-5540-7793（販売）

印刷製本　株式会社 光邦

ISBN978-4-02-264900-3

朝日文庫

菊地　秀行

吸血鬼《バンパイア》ハンター23 D－冬の虎王《こおう》

Dは、かつて〈虎王〉と呼ばれ、究極の兵器を使用して勇名を馳せた貴族＝吸血鬼の抹殺の依頼を受ける。ベストセラーシリーズ書き下ろし作品。

菊地　秀行

吸血鬼《バンパイア》ハンター24 D－貴族戦線《きぞくせんせん》

人間への技術供与と引き換えに生贄を要求した貴族＝吸血鬼の抹殺を依頼されたDは、〈神祖〉がかつて謎めいた実験を行った奇怪な城へと向かう。

菊地　秀行

吸血鬼《バンパイア》ハンター25 D－黄金魔《おうごんま》［上］

今度のDの依頼主は、貴族から借金を取り立てるから護衛しろという謎の老人。しかも彼は、五〇年前に〈神祖〉に会ったことがあるというが……？

菊地　秀行

吸血鬼《バンパイア》ハンター25 D－黄金魔《おうごんま》［下］

〈神祖〉に愛されたという大物貴族は、自分の娘を借金の利息として差し出すことに同意していた。しかし、その娘というのは!?　〈黄金魔〉編、完結。

菊地　秀行

吸血鬼《バンパイア》ハンター26 D－シルビアの還る道

貴族の城から暇を出された娘・シルビアを故郷まで護衛することになったD。なぜなら、シルビアを連れ戻そうと追って来る貴族がいたからだ。

菊地　秀行／イラスト・天野　喜孝

吸血鬼《バンパイア》ハンター27 D－貴族祭

貴族の入った石棺を運んでいる輸送団が妖物に襲われていたのを救ったDは、そのまま彼らの護衛を引き受けることになるのだが……？

菊地　秀行

吸血鬼《バンパイア》ハンターD〔28〕　D－夜会煉獄《れんごく》

〈貴族祭〉の行われる村に貴族の石棺を無事に届けたDたちだったが、そこで新たな刺客に狙われることになって……？　孤高の戦士の戦いは続く！

菊地　秀行

吸血鬼《バンパイア》ハンターD〔29〕　D－ひねくれた貴公子

ダンピールの少年を連れた娘がDを訪れる。依頼は、父である貴族のところまでの護衛。しかし、Dは少年の父親を滅ぼす依頼も受けていた……。

菊地　秀行

吸血鬼《バンパイア》ハンターD〔30〕　D－美兇人

貴族の領主から、人間との中間である「もどき」のを排除を依頼されたD。領主の娘とともに、Dは旅に出ることになるが……。

菊地　秀行

吸血鬼《バンパイア》ハンターD〔31〕　D－消えた貴族軍団

仲間を救うため〈消滅辺境〉に向かっていた〈医師団〉は、Dに護衛を依頼する。貴族さえも帰還不能な〈消滅辺境〉で彼らを待ち受けるのは!?

菊地　秀行

吸血鬼《バンパイア》ハンターD〔32〕　D－五人の刺客

〈神祖〉が残した六つの道標を手に入れると、不老不死になれるという。道標を手に入れるのは誰か？　Dは、何故この戦いに身を投じたのか？

菊地　秀行

吸血鬼《バンパイア》ハンターD〔33〕　D－呪羅鬼飛行

美貌のハンター・Dは北の辺境へ向かう旅客機で、さまざまな思惑を抱く人々と出会う。そこへ貴族たちと無慈悲な空賊の毒牙が襲いかかる……！

曽根　圭介
工作名　カサンドラ
中国が尖閣諸島を不法占拠した。国内では軍事力に訴える声が高まり、新たに柘植友里恵が総理大臣となる。だが米国などの思惑が絡んで……。

七尾　与史
死なせない屋
三軒茶屋にある『死なせない屋』の仕事は、あらゆる手段で依頼人の命を守ること。それを阻むのは殺人鬼に暗殺者!?　コミカルミステリー。

菊地　秀行
エイリアン超古代の牙
世界一のトレジャーハンター・八頭大が次に狙うのは最凶の未知の飛行体!?　一七世紀ロンドンや南極と、時空と世界をまたにかけての大バトル！

大沢　在昌
鏡の顔
傑作ハードボイルド小説集
フォトライターの沢原が鏡越しに出会った男の正体とは？　表題作のほか、鮫島、佐久間公、ジョーカーが勢揃いの小説集！　《解説・権田萬治》

石持　浅海
身代わり島
人気アニメーションの舞台となった島へ集まる仲間五人。しかしその一人が、アニメのヒロインと同じ服装で殺されてしまう……。《解説・村上貴史》

安東　能明
殺人予告
社会部記者の岩田のところに、刑務所に服役中のはずの男から「おれ殺しちゃいそう」と電話がかかってくる。本気なのか、警察に通報すべきか？

朝日文庫

山口雅也／麻耶雄嵩／篠田真由美／二階堂黎人／法月綸太郎／若竹七海／今邑彩／松尾由美

名探偵の饗宴

凶器不明の殺人、異国での不思議な出会い、少年の謎めいた言葉の真相……人気作家八人による、個性派名探偵が活躍するミステリーアンソロジー。

太田 紫織

魔女は月曜日に嘘をつく3

北海道のハーブ園オーナーの〝魔女〟杠葉と、カフェを始めた犬居。二人の下には謎めいたお客が次々現れて……。人気キャラミステリ第三弾。

駒崎 優

バンダル・アード＝ケナード

けぶる砦の向こうに

二つの大国が争う中、若き隊長シャリースが率いる傭兵部隊バンダル・アード＝ケナードの活躍を描く。隊は国境沿いの砦攻めの任務につくが……。

夏見 正隆

ダンシング・ウィズ・トムキャット

防衛大学校四年生の藍羽祥子は、日本政府がアメリカから買い取ったF14トムキャットに搭乗し尖閣諸島に向かった！ そこで彼女が見たものは？

夏見 正隆

天下一ACM大会

ダンシング・ウィズ・トムキャット

F14トムキャットに搭乗する防衛大生祥子、尖閣諸島での戦闘後、初の飛行訓練へ！ 国籍不明の飛行物体飛来、そして舞台は〈ACM大会〉へ！

小川 一水

砂星《すなぼし》からの訪問者《フィーリアン》

カメラマンの旅人が乗り組んだ宇宙調査艦がエイリアンと交戦状態に。彼らの真の狙いは？ 情報力と戦闘力が直結する戦いが幕を開ける！